MARTIN BECK SERIES 01

ROSEANNA

MAJ SJÖWALL & PER WAHLÖÖ

ECUS
Publishing House

馬丁・貝克｜刑事檔案 01

羅絲安娜

麥伊・荷瓦兒╳培爾・法勒 著
廖曉泰 譯

木馬文化

目次

編者的話

故事，從一個名字開始

一九六五年，瑞典斯德哥爾摩的各書店內出現一本小說新書。書封上可見一名黑髮女子的影像。她雙眼緊閉，嘴唇微張，封面上大大寫著書名「Roseanna」一字。羅絲安娜，這是她的名字，她是一具河中女屍，剛被人從瑞典的運河汙泥中鏟起，而這部作品即將開啟犯罪推理小說的嶄新世紀。

當時，有不少過去習慣閱讀古典推理小說的年長推理迷在購書後回家一讀，大驚失色，紛紛回到書店抱怨，要求退書，理由是「這情節描述太寫實了」，讓他們飽受驚嚇。畢竟，在這之前，沒有哪部古典推理作品會以如此鉅細靡遺的冷靜文字，描述一具女性裸屍的身體特徵。然而，在此同時，這部作品俐落明快，描寫細膩，時而懸疑緊張、時而又可見詼諧的現代風格，卻在年輕世代的讀者之間廣受歡迎，大為暢銷。

這部以《羅絲安娜》為首，以社會寫實風格描述瑞典斯德哥爾摩的警探馬丁·貝克及其組員辦案過程的系列小說，便是在隨後十年連同另外九本後續之作，席捲北歐各國，熱潮繼之延燒至歐陸，進而前進英美等英語系國家的「馬丁·貝克刑事檔案」。

令人稱奇的事，如此成功的「馬丁·貝克刑事檔案」系列並非出自單一作者之手，而是一對傳奇創作搭檔的共同心血。

愛人同志，傳奇的創作組合

故事要從一九六二年說起。瑞典的新聞記者培爾·法勒，在這一年因緣際會認識了同樣從事新聞撰稿工作的麥伊·荷瓦兒，兩人進而相戀。荷瓦兒出身中產階級家庭，但性格非常獨立且獨特，年輕時常與藝術工作者往來，曾有過幾段短暫的婚姻關係，她在二十七歲認識法勒時，已育有一個女兒。曾在西班牙內戰時期遭法朗哥政權驅逐出境，因而返回瑞典的法勒較荷瓦兒年長九歲，已婚，同樣也有一個女兒，而且他在兩人相識時，已是頗富聲望的政治新聞記者。

兩人最初是在斯德哥爾摩一處新聞記者常聚集的地方因工作而結識，當兩人開始彼此產生感情，便刻意避開其他同業，改到其他地方相會。法勒當時在新聞工作外亦受託創作，每晚都會在兩人飲酒相聚的酒吧附近的旅館內寫作。相處一年後，法勒離開妻子，轉而與荷瓦兒同居。之後陸續有了兩個孩子，但兩人始終沒有進入婚姻關係。

荷瓦兒與法勒在共同創作初期，便打算寫出十本犯罪故事，而且，也只寫十本。這十部作品每本皆為三十章，都是由兩人各寫一章、以接龍方式合力創作而成；只不過，讀者很難從文字判斷各章分別出自誰的手筆。因為法勒與荷瓦兒在創作之初，就刻意不設定偏向哪一方的筆法，而是討論出最適合讀者及作品的行文風格，傾向能雅俗共賞——馬丁．貝克的形象於焉誕生。

疲憊警察，馬丁．貝克形象的誕生

有別於過往古典推理作品中，那些邏輯推演能力一流，幾乎全知全能的「神探」與「英雄」形象，荷瓦兒與法勒筆下這個警察辦案系列小說雖是以馬丁．貝克為名，但當中並沒有突顯誰是主角或英雄。這是一組平凡的警察小組成員，憑藉實地追查線索，有時甚至是靠著機運，才能偵破案件的故事。

這些警察一如所有上班族，各自有其獨特個性和煩惱——寡言、疲憊、婚姻失和、嗜好是組模型船，又有胃潰瘍問題的馬丁．貝克；身形高胖卻身手矯健，為人詼諧，擅長分析，有時又顯魯莽的柯柏（Lennart Kollberg）；愛抽菸斗、準時下班、每天要睡滿八小時、記憶力驚人的米蘭德（Fredrik Melander），以及出身上流階層，卻自願投入警職，個性古怪挑剔，永遠要穿上高級西裝的剛瓦德・拉森（Gunvald Larsson，第三集開始出現），和最不顯眼、任勞任怨至任命，原住民身分的隆恩（Einar Rönn），當然還有其他在故事中穿針引線的甘草人物角色。若是以交響樂團比喻這個辦案團隊，馬丁・貝克絕非站在高台上的指揮家，他更像是第一小提琴手，與其他樂手共同合奏出十首描述人性與黑暗的樂章。

荷瓦兒與法勒塑造的這種具有七情六慾、會為生活瑣事煩惱的凡人警探形象，在當年的推理小說世界實屬創新之舉，現代讀者或許早已習慣目前大眾影視或娛樂文化當中的警察形象，殊不知，這些角色的原型其實正脫胎自荷瓦兒與法勒在六〇年代創造出的這位寡言而平凡的北歐警探。

馬丁・貝克系列故事之所以廣受讀者喜愛，不僅在於這些故事背景就在日常當中，就在斯德哥爾摩實際存在的街路上、公園裡，與讀者生活的時空相疊合，而且讀者隨著角色之間的互動和對話，更是能逐漸清晰建構出這些人物的性格及形貌的具體想像，就像真實生活中認識的朋友。隨著每本劇情獨立、但又巧妙彼此牽繫的故事演進，讀者在這段時間軸中，也將見證到他們的個性變化和聚散離合，甚至，突如其來的死別。

長銷半世紀的犯罪推理經典

從一九六五年到一九七五年，荷瓦兒與法勒兩人在這短暫的十年間，以一年一本的速度，完成了馬丁．貝克刑事檔案全系列——《羅絲安娜》，《蒸發的男人》，《陽台上的男子》，《大笑的警察》，《失蹤的消防車》，《薩伏大飯店》，《壞胚子》，《上鎖的房間》，《弒警犯》，以及最終作《恐怖份子》。

故事背景的六〇、七〇年代還沒有網路，沒有手機，沒有DNA鑑識技術，而且人人都在抽菸，隨時隨地；雖然這些細節設定如今看來略有懷舊時代感，但系列各作探討的問題卻是歷久彌新，沒有隔閡，你甚至會拍案驚嘆：「這些社會案件和問題現今依然存在，當前警察組織面對的各種犯罪和無力感也毫無不同。」

荷瓦兒及法勒在當年同為社會主義者，潛伏在這十個刑事探案故事底下的，是他們對於資本主義社會和龐大的國家機器的批判。他們看到了當時瑞典這個福利國美好表象底下的真實面貌。故事裡一樁樁的刑事案件，其實是他們對社會忽視底層弱勢的控訴，以及對投機政客的勾結貪枉，警界管理層的權力慾和顢頇導致基層員警處境艱困和社會犯罪問題惡化的喝斥。

然而，在荷瓦兒與法勒筆下的馬丁．貝克世界裡，在正義執法與心懷悲憫之間，人世沒有全然的善，也沒有絕對的惡。這些故事裡的行凶者往往也是犧牲者，只是形式不同。他們因為精神狀態、經濟能力、社會制度等種種原因，淪為遭到社會剝削、被大眾漠視的無助邊緣人，而他們的犯案動機有時甚至可能只是對體制和壓迫的無奈反撲。因此，馬丁・貝克和其警隊成員在辦案執法的同時，往往也流露出對於底層人物的悲憐，不論他／她是被害者抑或加害者，而每件刑案也是難以二分的灰色地帶。

短暫而光燦的組合，埋下北歐犯罪小說風靡全球風潮的種籽

一九七五年，法勒因胰臟問題病逝，他在先前已預感自己大限將至，於是將此生對於社會關懷的炙熱理念，盡數灌注在最終作《恐怖份子》當中，得年四十九。從一九六二年初識，第一本《羅絲安娜》在一九六五年出版，到最終作《恐怖份子》在一九七五年推出，這對獨特的創作搭檔在這十三年裡的無間合作，為後世留下了一系列堪稱經典的推理之作。

當年，這股馬丁・貝克熱潮一路從瑞典、芬蘭、挪威等北歐各國開始，繼而延燒至歐陸德國，而後進入美國等英語世界國家，不僅大量改編為電影、影集、廣播劇等形式，書中以社會寫實情節為本的創作風格，更是滋養了《龍紋身的女孩》史迪格・拉森（Stieg Larsson），賀寧・

曼凱爾（Henning Mankell），以及尤・奈思博（Jo Nesbo）等眾多後繼的北歐新一代犯罪小說創作者，為北歐犯罪小說在二十一世紀初橫掃全球、蔚為文化現象的風潮埋下種籽，預先鋪拓出了一條坦途。

同樣的，在亞洲，日本角川出版社從一九七五年起，也以英譯本進行日譯工作，推出馬丁・貝克探案全系列作品，並在二〇一三年陸續再由瑞典原文直譯各作，讓新一代的讀者得以更貼近這部傳奇推理經典的原貌。值得一提的是，常透過小說關注日本社會及時事問題的直木賞及日本推理大賞得主佐佐木讓，於二〇〇四年更是以《笑う警官》一書，向荷瓦兒與法勒筆下創造出來的這位北歐探長致敬，而這部作品也分別在二〇〇九及二〇一三年改編為同名電影及劇集，廣受稱道。

儘管這段合作關係已因法勒辭世而告終，但馬丁・貝克警探堅毅、寡言的形象，早已永遠存活在每個讀者的想像當中，以及藏身在每個後續致敬之作和影劇中的警探角色背後。一九七一年成立的瑞典犯罪作家學院（Svenska Deckarakademin），更是以這個書中角色為名，設立「馬丁・貝克獎」，每年表彰全世界以瑞典文創作，或是有瑞典文譯本的犯罪、推理類型傑出之作。

且讓我們開始走進斯德哥爾摩這座城市，加入馬丁・貝克探長和其組員的刑事檔案世界。

導讀

當她沉入河中——關於《羅斯安娜》

《羅絲安娜》是一本講述警探馬丁・貝克與他的團隊如何偵破運河無名女屍謀殺案的故事。這本出版於一九六五年的作品大受歡迎，在兩年後，瑞典導演漢斯・艾布拉斯姆（Hans Abramson）便將它搬上大螢幕。也是在這年，英譯本上市，瑞典推理小說藉由《羅絲安娜》，首次躍上國際舞台。

如同他們的後輩史迪格・拉森《龍紋身的女孩》一樣，《羅絲安娜》迅速征服了世界的讀者。英國知名的推理評論家基亭（H.R.F. Keating）不僅將之選入《犯罪與謎團：百本佳作》（*Crime and Mystery: the 100 Best Books*），更盛讚本書令人感到「人生盡在其中」。甚至有說法指出，如果沒有馬丁・貝克這個系列，我們很可能不會看到拉森或伊恩・藍欽（Ian Rankin）這些同樣技術高超的犯罪小說家。

看到這裡，或許你會開始好奇，《羅絲安娜》到底魅力何在？

如果說古典偵探是童話，那麼冷硬派不過是男人的童話

荷瓦兒與法勒的成就，首先應該置於推理犯罪類型小說的脈絡下觀察。推理類型的代表人物，首推柯南．道爾筆下的神探福爾摩斯。像此類聰明絕頂、英明神武的人物，在風靡世界將近五十年後，迎來了「美國革命」，亦即冷硬派偵探的出現。冷硬派的宗師錢德勒曾稱讚開山的漢密特「把謀殺交到那些有理由犯下罪行的人的手裡，不只是提供一具屍體。」然而，當我們仔細閱讀《馬爾他之鷹》，會有點尷尬的發現，這個「理由」竟也頗為夢幻——眾人競相爭逐，是為了搶奪傳說中失落的寶藏。

如果說古典偵探是童話，那麼初期的冷硬派或許也不過是男人的童話，是對男性氣質的美好想像。現實中不僅沒有聰明絕頂的獵鹿帽男性偵探，也不存在百折不屈、唯義是圖的男性硬漢。現實有的是一群孜孜矻矻的警察，凡人般地備受挫折。案件也並非僅是個人的心血來潮，其背後有著社會結構的暗影。麥可班恩（Ed McBain）在一九五六年出版的《恨警察的人》，讓神探與硬漢都看不起的警察成為偵查主角，小說中的世界也因而更接近我們認知中的世界。在法國，西

默農（Georges Simenon）則早在一九三〇年就創造了膾炙人口的馬戈探長。他們正是荷瓦兒與法勒據以創造出馬丁・貝克探長的基石。

想要批判的，是資本主義的腐壞世界

荷瓦兒與法勒共同創作的起源，無疑是浪漫的——在私人關係抑或創作意識上皆然。兩人之間的吸引力之所以如此強烈，與他們契合的價值觀脫不了關聯。儘管瑞典的社會福利如今已是世界標竿，但對懷抱著崇高共產理想的他們來說，還是遠遠不夠。甚至，因為官方的福利形象，讓瑞典彷彿不存在貧窮，因而使得社會飄揚著一股偽善的氣味。法勒曾出版政治相關書籍，但只賣了三百本。他們意識到，透過撰寫犯罪故事，揭露社會的貧困、殘暴與不公，會是讓讀者意識到瑞典正往資本主義傾斜的一條途徑。

他們在策畫馬丁・貝克系列時，也進行了一趟從斯德哥爾摩到哥德堡的運河之旅。這趟旅程中，荷瓦兒看到船上有個漂亮的黑髮美國女子，總是獨自一人。她對法勒說，「我們為什麼不從殺了她開始？」

這就是《羅絲安娜》的起源：一股想訴說信念的意志，與一場靈感般的運河邂逅（附帶一提，沒有真的殺人）。

女性在現代都市中的潛在危險

儘管如此，讀《羅絲安娜》，很難在其中感受到對資本主義的批判或譴責。詹宏志關於本書的導讀中，曾指出作者「想要提供一個社會教訓供我們（在娛樂之餘）反省」。這個教訓則是「說明了現代都市的潛在危險」。確然如此，然而另一方面，「現代都市的潛在危險」本身，即是古典推理小說之所以得以誕生的土壤。早在G・K・卻斯特頓（G. K. Chesterton）〈為偵探小說辯護〉一文中，城市的危險與源之而來的詩意便已廣為人知。《羅絲安娜》誠然繼承了此點，然而在此基礎上，作者們更加銳意探討的，毋寧是「女性在現代都市與父權意識中的潛在危險」。

一九六〇年代，正好是第二波女性主義浪潮風起雲湧的年代。在這波浪潮中，家務勞動、性自主、生育與經濟自主等議題開始浮出檯面。人們意識到，在日常語言中缺乏「蕩婦」和「婊子」的男性對應詞彙，本身即是兩性不平等的展現。伴隨著這些思考而來的，是對貞操觀念的揚棄，與性解放的浪潮。

參考台灣近年來在平權議題與LGBTQ議題上保守派的難以接受，再放大個三、五倍，差不多就是當時「性解放」主張提出時保守陣營抓狂的程度。「世界要滅亡了！毀家滅國！倫理不存！」他們大吼。（事實是，我們還在這裡。）

在歐美社會性別議題風起雲湧的彼時，如今看起來平順可親的《羅絲安娜》，無疑是對社會風潮一次尖銳的回應：從運河中打撈起的裸體女屍，在「殘暴的性攻擊」後被勒斃致死。即使時至今日，我們閉著眼睛都能想到那麼多譴責被害人的字眼——她一定是太不小心了，一個人在外面要警覺一點啊，不要隨便和陌生人搭訕聊天。她一定是穿得太暴露，不然就是太賣弄性感。你看，這就是下場。

我們甚至都還不知道她是怎麼遇害的呢。沒準她其實穿著高領套頭全身裹緊，走路頻頻回顧深怕有人跟蹤。某日路邊一個神經病覺得天啊怎麼會有這種奇怪的人！決定拆開她包裹緊實的身體，加以侵犯後殺掉，「讓她知道她不是什麼真金白銀。」不也挺順理成章？重點不在於被害者怎麼穿著或如何生活，重點在於加害者為什麼決定下手。

確然，我們應該深入探討社會結構是否造就了擁有某些條件的人特別容易踏上犯罪之路。但那並不代表要對兇手的理由照單全收，同時反過來要潛在被害者自肅自重。探討社會結構，並不妨礙我們指著他們的鼻子說，做錯事的是你，別再推卸責任。

《羅絲安娜》在此處的書寫，無疑獨開先河。透過重建無名女屍與殘忍兇手的人生軌跡，我們得以一瞥那些憎惡性自主的陰暗根柢，是多麼淵遠流長。

從〈瑪莉・羅傑疑案〉到《羅絲安娜》

此次重讀《羅絲安娜》，我一直感覺到某種在意識邊緣的似曾相識。在一個似睡非醒的輾轉時刻，愛倫・坡的〈瑪莉・羅傑疑案〉躍入了我的腦海。

瑪莉・羅傑是個在香水店工作的金髮姑娘。她第二次失蹤後，屍體被人發現漂浮在塞納河上。巴黎警方對此案束手無策，於是請了史上首位名偵探杜邦前來協助。杜邦不負所望，在這起看似平凡、實則困難的案件中，通過層層的邏輯推斷，發現女子實際上應是由人從船上拋屍，藉此鎖定了兇手。

苦惱的警察局，無法確定屍體的來路。那幾乎就是馬丁・貝克在《羅絲安娜》這個案子裡一開始的煩惱與壓力所在。〈瑪莉・羅傑疑案〉沒寫的，是在知道犯人後如何將之定罪。杜邦很簡單地將燙手山芋丟給警察局，然而馬丁・貝克可得自己處理。

「雖然此案手段十分殘酷，但它仍是一件普通的刑事犯罪。正因為如此，人們認為這個案子容易破。其實，也正因為如此，這個案子才真正地不容易破。」杜邦說。然而他並未意識到「不容易破」其實有兩重含意——不容易知道犯人是誰，以及不容易將犯人定罪。在推理小說的伊始，愛倫．坡處理了前者；過了百多年後，荷瓦兒與法勒透過類似的架構，處理了後者。

作為公認奠定推理類型五作之一的〈瑪莉．羅傑疑案〉，實際上是基於美國真實發生的一起案件，瑪莉．賽西莉亞．羅傑（Mary Cecilia Rogers）案的細節再敷演而來。真實的瑪莉．羅傑是在菸草店工作，而她的死亡謎團從未被破解。

•路那

推理評論家，「疑案辦」副主任，台灣推理作家協會會員，台大台文所博士候選人。小說嗜讀者，評論散見各處。合著有《圖解台灣史》、《現代日本的形成》。

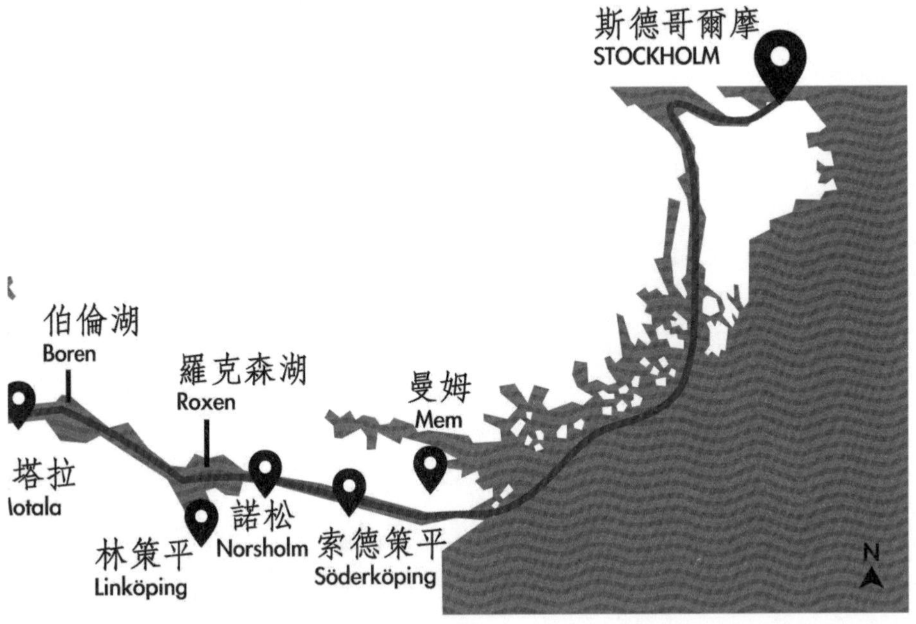
斯德哥爾摩
STOCKHOLM
伯倫湖
Boren
羅克森湖
Roxen
曼姆
Mem
塔拉
lotala
諾松
Norsholm
林策平
Linköping
索德策平
Söderköping
N

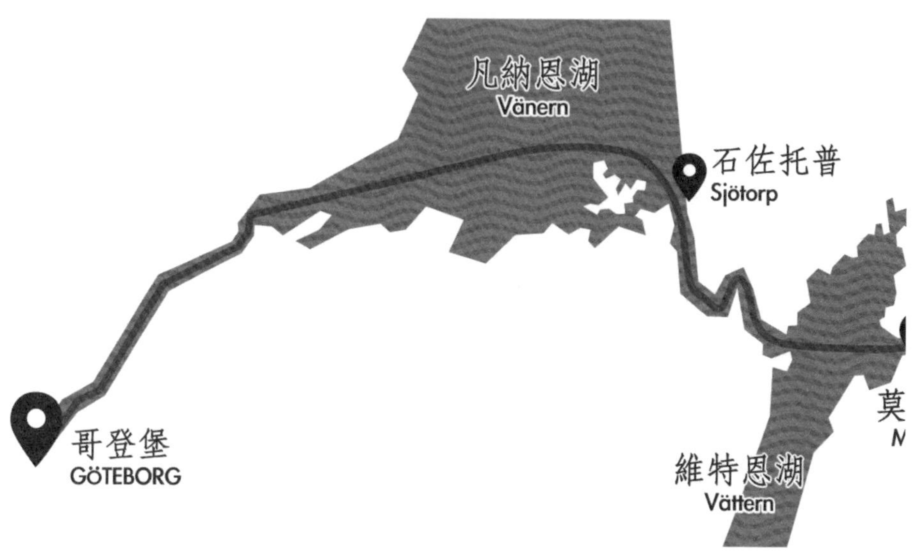

黛安娜號航線圖

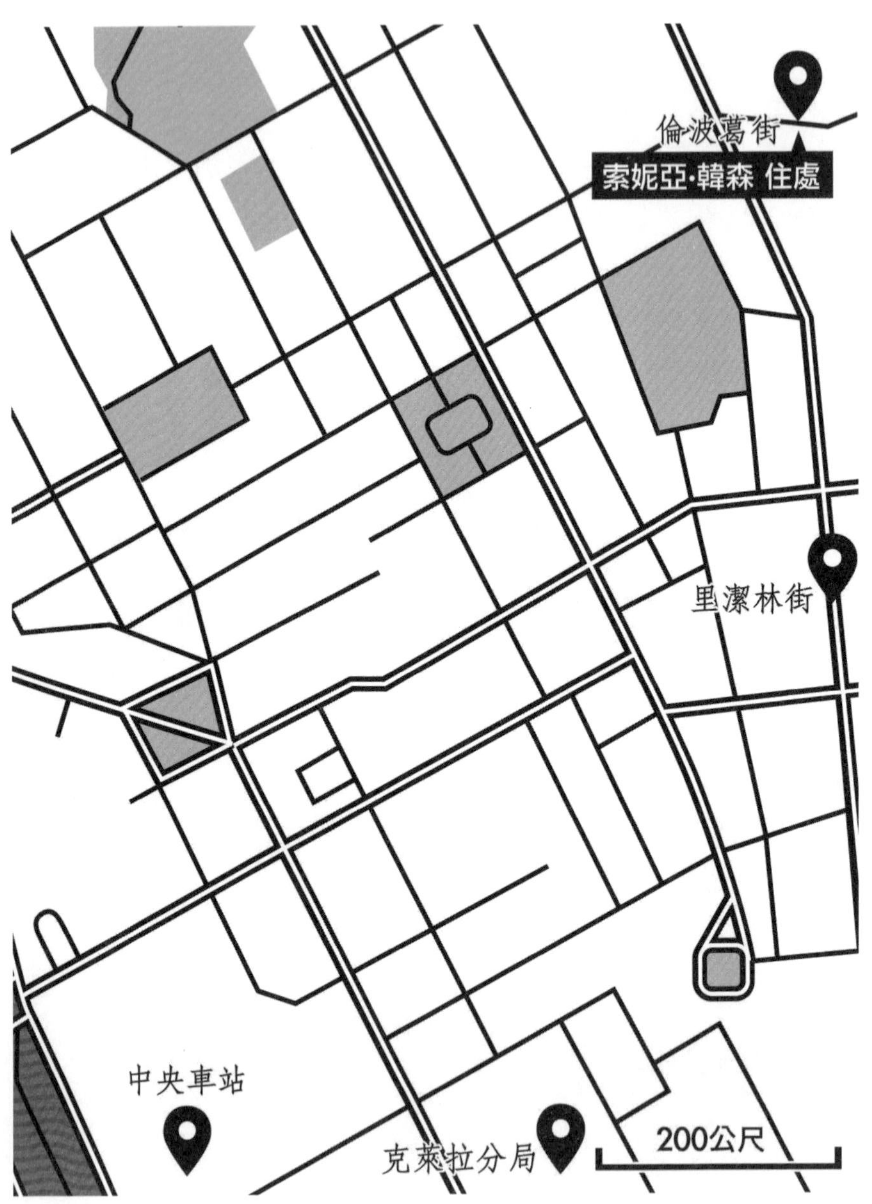
倫波葛街
索妮亞·韓森 住處
里瀿林街
中央車站
克萊拉分局
200公尺

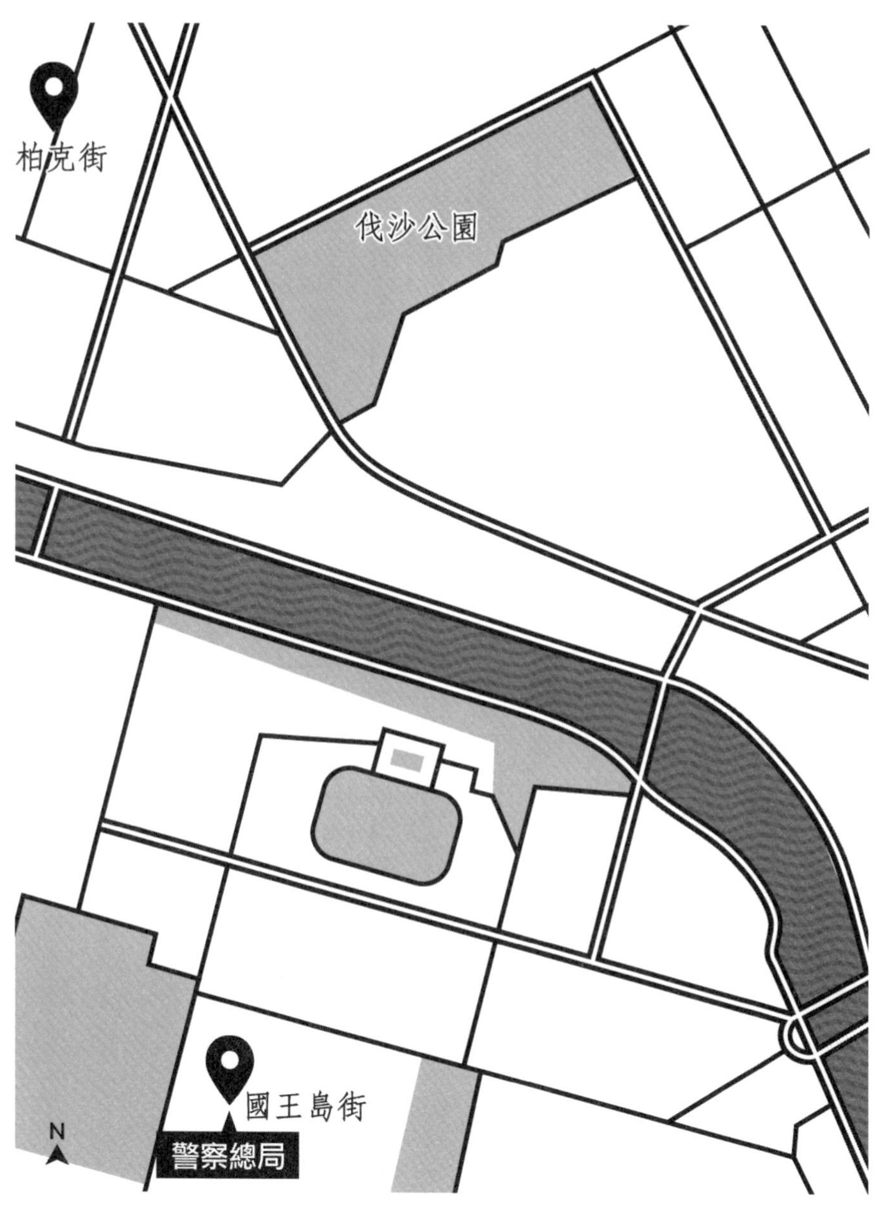

斯德哥爾摩城區圖

1.

七月八日午後三點一過，他們發現了屍體。這具屍體相當完整，不可能在水裡久泡過。其實，發現屍體純屬偶然，但能這麼快發現，應當有助警方調查。

伯倫運河的水閘下游處，有一道阻擋東風直吹湖口的防波堤。這條運河的河道在當年春天開通後就開始淤積，不單船隻通行困難，螺旋槳還會從河床攪起一團團厚黃泥。任誰都明白這運河是不疏濬不行了。運河公司早在五月時就向土木工程理事會申請徵用挖泥船，但各個經手官員都視這份申請書為燙手山芋，最後甚至推到瑞典國家海運部請示裁決。海運部認為這是土木工程理事會的工作，應由他們負責解決，但理事會卻發現挖泥船全歸海運部掌管，絕望之餘只好向諾庫平市的港口管理委員會求助。申請書隨即又被原封不動地退回海運部，當然，最後還是回到土木工程理事會手上。這會兒終於有人拿起電話，撥給一位對挖泥船瞭若指掌的工程師。他知道，現有的五台挖泥船中只有一台能通過水閘。這艘名為「小豬號」的挖泥船當時正好停泊在格拉瓦內市的漁港內。七月五號早上，小豬號終於抵達伯倫運河，停泊之際還有一群附近的小孩及一名越南觀光客在旁觀看。

一小時後，一名運河公司的代表上船共商流程，一談就是整個下午。隔天是週六，大夥兒各自回家度週末，船隻就原封不動地停在防波堤旁。疏濬的工作人員包括一名工頭，也就是受命開船來的船長，一位挖掘師父，以及一個船員。後兩位都是哥登堡人，他們是一起從莫塔拉搭夜班火車過來的；船長則住在納卡，他老婆還開車過來接他。週一早上七點，他們三人又回到船上，一小時後開始清淤。船底貨艙在十一點左右裝滿泥巴後，挖泥船就駛向湖心卸泥。回程途中，他們遇上一艘向西行駛的白色小汽船開抵水閘，他們只得停船等待。船上的外國觀光客全聚在欄杆旁，興奮地向挖泥船上的員工揮手。那艘遊船進水閘後緩慢地上升，往莫塔拉與維特恩湖移動。大約午餐時間，汽船的信號旗才消失在最高的水門之後。等到一點半，他們終於能開始繼續清淤。

事發當時的情況是這樣的：天氣晴朗溫和，暖風徐徐，夏天的雲朵也隨之緩緩飄移；防波堤上和運河畔有一些人，大半都在享受日光浴，有些在釣魚，另有兩三人正看著這挖泥工事──滿裝河底爛泥的挖泥機鏟斗正要拉出水面，船艙中的挖泥師傅操縱著他再熟悉不過的機械；船長此時在廚房裡喝著咖啡，甲板上的船員手肘抵著欄杆，朝水面吐口水。挖泥剷斗繼續往上移。

當鏟斗破水而出時，防波堤上忽然有人朝船的方向跑來。他揮動手臂大喊。船員抬起頭，好聽清楚他在喊什麼。

「鏟斗裡有人！停！鏟斗裡有人！」

被弄糊塗的船員先是看著那人，繼而看著緩緩晃著趨近貨艙、準備倒出污泥的鏟斗。剷斗來到貨艙上方時溢出灰濁的髒水，他也看到防坡堤上那人所見的景象了。鏟斗蓋口伸出一隻慘白的裸臂。

隨後的十分鐘漫長且混亂，碼頭上有個人一再喊著：「別動！不要碰任何東西！等警察來再說……」

挖掘師父出來看看狀況，他細看一眼後急忙回到操縱桿後安穩的座位，啟動起重機，打開鏟斗蓋，船長和船員則上前拖出屍體。

是個女人。他們用防水布將她裹起，面朝上平放在防波堤上。受驚的人群圍聚過來看著女屍，當中有些是不該在現場的小孩子，但沒有人想到該叫他們走開。此時，只有一件事是大家都忘不了的，那就是這女人的模樣。

船員自作主張在她身上潑了三桶水，以至於後來警方調查陷入膠著時，有人就批評船員此舉不當。

女屍全身赤裸，身上沒有任何飾物，膚色痕跡顯示她曾穿著比基尼做日光浴。她的臀部頗寬，大腿粗壯，浸濕的陰毛濃黑。她的乳房不大，有些鬆弛，乳頭大而黑；一道明顯的紅色刮痕從腰部劃到髖骨處，身上其他部位則相當光滑，沒有任何斑點或疤痕。她的手腳相當小巧，沒有塗指甲油；臉部則因泡水而腫脹，無法辨識出她生前的容貌。她的眉毛濃厚，有張大嘴，長度中等的黑髮伏貼在頭上，脖子上有一縷髮絲纏繞。

2.

莫塔拉在維特恩湖的北端，是瑞典奧司特高蘭省的中型城市，人口約兩萬七千。當地的最高警政官員是警察局長，他同時身兼檢察官。在他之下有一名警察總長，統領保安警察及刑事警察。警察總長之下則包括一位九職等的首席偵查員，六位警員與一位女警。警員當中有一位受過攝影訓練，若有驗屍需要，他們通常會求助於城裡的醫師。

在屍體發現後一小時，這些人中有幾位便已在和燈塔相隔幾碼外的伯倫運河防波堤上集合。由於圍觀者眾多，船上的人已無從得知現場情況，因此儘管船頭已背向防波堤準備離開，船員仍在甲板上努力張望著。

在警用拒馬後面觀望的群眾人數增加了十倍之多。拒馬另一頭停著幾輛車，其中四輛是警車，一輛是後門漆著紅十字的白色救護車。一旁有兩個人身著白色連身裝，靠在圍欄上抽菸。他們似乎是燈塔外的眾人中唯一對命案不感興趣的人。

醫生開始在防波堤上收拾工具，同時和高瘦、灰髮的警察總長拉森閒聊幾句。

「我現在還無法看出什麼端倪。」醫生說。

「一定得把她留在這兒嗎？」拉森問。

「這不是你該做主嗎？」醫生回答。

「這裡應該不是犯罪的第一現場。」

「好吧，」醫生同意了，「那他們載她去太平間時，麻煩你押車隨行。我會先打個電話聯絡一下。」

他闔上袋子，先行離去。

拉森轉過身說：「艾柏格，你會先封鎖現場吧？」

「當然會，他媽的！」

警察局長站在燈塔旁一聲不吭。他通常不會一開始便介入調查，但在回城途中他說：「隨時讓我知道發展。」

拉森沒點頭。

「你會讓艾柏格一起辦這案子嗎？」局長又加一句。

「他是個優秀的人才。」拉森終於開腔了。

「當然了。」

談話就此結束。下車後他們回到各自的辦公室。之後局長撥電話給在林策平的郡長，後者只說了一句：「我等你的消息。」

另一方面，拉森和艾柏格做了番簡短的討論：

「我們得查出她到底是誰。」

「是。」艾柏格說。

艾柏格隨後走進自己的辦公室，打電話給消防隊徵用兩名蛙人；接著，他打開一份港口搶案的報告細讀，這是一樁即將結案的案件。他起身走向值班警員問：

「有人來報案人口失蹤嗎？」

「沒有。」

「也沒有人登報尋人？」

「沒有相關特徵符合的。」

艾柏格走回辦公室等著。

十五分鐘後電話響了。

「我們得申請驗屍。」是醫生打來的。

「她是被勒死的嗎？」

「我想是的。」

「有被強暴嗎？」

「應該有。」

醫生頓了一秒，然後說：「而且兇手相當細心。」

艾柏格咬著食指指甲。他想到這週五就要開始休假了，他老婆還為此興奮不已。

醫生誤解了他的沉默。

「你很驚訝嗎？」

「沒有。」艾柏格說。

掛上電話後，他走進拉森的辦公室。接著，他們一起去找局長。

十分鐘後，局長向郡長要求法醫的解剖許可，郡長立刻和法醫學會聯絡。驗屍過程是由一位七十歲的教授主導，他從斯德哥爾摩搭夜車趕來，看來精神奕奕，神采飛揚。整個驗屍過程長達八小時，他幾乎未曾休息。

教授隨後寫了一份初步報告，總結如下：

「致命原因為殘暴的性攻擊後加以勒斃。有嚴重的內出血。」

截至此時，艾柏格桌上堆滿的調查報告都能以同一句話總結：在伯倫運河的水閘下游發現一具女屍。

當地及附近鄰區都沒有人口失蹤的回報記錄，至少沒有和死者特徵相符的。

3.

清晨五點十五分，雨天。馬丁．貝克花了比平常更久的時間刷牙，才清掉口中的鉛味。

他扣上衣領，繫好領帶，無精打采地審視鏡中的自己，然後聳了聳肩走進門廳。穿過客廳時，他瞥了一眼昨晚熬夜做到一半的模型船「丹麥號」，才走進廚房。

他的動作輕柔無聲，既是出於習慣，也是怕吵醒孩子。

他在餐桌旁坐下。

「報紙還沒來嗎？」他問。

「報紙從沒在六點前送到過。」他太太答道。

此時窗外天色已亮，但烏雲密布。廚房裡灰黯而陰沉，他太太沒開燈，說這是節約能源。

馬丁．貝克欲言又止，因為說了不免又會是一場紛爭，此時可不是吵架的好時機。他用手指緩緩敲著塑膠貼面的桌板，看著空茶杯上的藍玫瑰花紋，它在杯緣處有個小缺口，往下延伸成一條棕色的裂縫。這只茶杯的歷史和他們的婚姻相當，已經超過十年了。她很少打破東西，即使打破了也一定能修好；奇怪的是小孩竟也都如此。

這種特質也會遺傳嗎？他不知道。

她從電爐上取下咖啡壺，在他杯裡倒滿咖啡。他停下敲打桌面的動作。

「你不吃個三明治嗎？」她問道。

他小心地啜飲一口咖啡，放鬆地靠坐在桌緣。

「你真的該吃點東西。」她堅持。

「你知道我早上根本沒辦法吃。」

「無論如何，你最好吃一點，」她說，「總要為你的胃著想。」

他的手指在臉頰上摩娑著，感覺到剃刀沒刮淨的鬍渣子，接著又喝了口咖啡。

「我去幫你弄幾片吐司。」她建議說。

五分鐘後，他把茶杯放回碟子上，無聲地將它移開，抬頭看著他太太。

她在尼龍睡袍外披著一件毛茸茸的紅色浴袍，坐在桌邊，手肘擱在桌上，雙手托住下巴。金髮的她肌膚細緻光滑，眼睛圓而微突。她通常會將眉色畫深，但眉毛一到夏天就顯得蒼白，就像現在，幾乎和她的髮色一樣淡。她比馬丁・貝克大了幾歲，所以即使近年來胖了不少，頸間皮膚也已有下垂跡象。

十二年前，在女兒出生後，她就放棄了建築事務所的工作，從此再也沒有出去工作的念頭。馬丁・貝克在兒子入學後曾建議她去找份兼差工作，但她認為那種工作薪水一定很微薄，還不如當個家庭主婦，快樂又自在。

「哦，是呀。」馬丁・貝克起身時心想。他將藍色的凳子無聲地放回桌下，然後站到窗邊，看著窗外的濛濛細雨。

停車場和草坪底下就是空曠、平坦的公路；地鐵站後山坡上的公寓此時多數都還暗著；低沉灰黯的天空下有幾隻海鷗盤旋著。除此之外，窗外了無生趣。

「你要去哪兒？」她說。

「莫塔拉。」

「會去很久嗎？」

「天知道。」

「為了那具女屍？」

「沒錯。」

「你認為會去很久嗎？」

「我知道的也沒比你多，就報紙寫的那些。」

「你非得搭這班火車嗎？」

「其他人昨天就出發了，我可不能落單。」

「他們會跟平常一樣載你去辦案吧？」

馬丁・貝克耐著性子深吸一口氣，盯著外面。雨漸漸停了。

「你要住哪兒？」

「城市飯店。」

「誰和你一塊兒？」

「柯柏和米蘭德，他們昨天出發。」

「開車嗎？」

「對。」

「而你得搭這搖搖晃晃的火車過去？」

「對。」

馬丁・貝克聽到身後傳來她在洗那只裂開的藍玫瑰花紋杯的聲音。

「這禮拜要付電費，寶寶也要付騎術課的學費。」

「你手邊錢不夠嗎？」

「你知道我不想從戶頭裡提錢。」

「我可不知道。」

他從內層口袋拿出皮夾，打開來看一看，抽出一張五十克朗紙幣，看了一眼，又將錢放進皮夾，再把皮夾塞回口袋。

「我討厭領錢，」她說，「從銀行提錢會讓我們的節約計劃泡湯。」

他又抽出那張鈔票，將之摺好，轉身放在餐桌上。

「馬丁，我幫你把行李打包好了。」

「謝謝。」

「好好照顧你的喉嚨，現在正是發病季節，尤其是夜裡。」

「好。」

「你要帶那把可怕的手槍嗎？」

「是的，不是；也許會，也許不——這有什麼差別嗎？」馬丁．貝克在心中兀自想著。

「你在笑什麼？」她問。

「沒事。」

他走進客廳，打開上鎖的壁櫥抽屜，取出那把手槍，放進皮箱，再將抽屜鎖好。

那是一把普通的點七六華瑟式手槍，備有瑞典的使用執照。其實大半時候用不著，而且馬丁‧貝克的射擊準頭很差。

他走回門廳穿上風衣，再把深色帽子夾在手中。

「你不跟洛夫和寶寶說再見嗎？」

「叫一個十二歲的女孩『寶寶』很荒唐。」

「我覺得好聽嘛！」

「吵到他們不好，而且他們也知道我要離家幾天。」

他戴上帽子。

「我走了，我會打電話回來。」

「再見，保重身體！」

他在地鐵月台上等車時心想，雖然模型船才完成一半，但他毫不在意必須離家。

馬丁‧貝克並非凶殺組的組長，也沒有那個野心。有時，他懷疑自己能否當得上，儘管除非他死了，或是犯下嚴重錯誤，不然這個職位已非他莫屬。他是警政署的首席偵查員，也在凶殺組待了八年，許多人認為他是國內最能幹的警探。

他當警察已經大半輩子了。二十一歲時，他開始在雅各警局任職，六年後調到斯德哥爾摩，在市中心幾個不同巡區擔任巡佐，之後保送到國立警察學院。他在學校裡成績優異，畢業後被任命為偵查員。那時他二十八歲。

就在那年，他父親過世了，於是他搬離市中心的租屋處，住回城南的老家，以便照顧母親。他也在那年夏天邂逅了他的妻子。她和朋友在一個島上租屋居住，而他恰好駕獨木舟經過。他陷入了熱戀。那年秋天，他們想要個孩子，於是在市政府公證結婚，並且搬回她在城裡的小公寓定居。

兩人的女兒出生後一年，那個他曾深深愛過、而且快樂又活潑的女孩，已變了個人，他們的婚姻生活也慢慢變成單調的公式。

坐在車廂綠色座位上的馬丁．貝克望向窗外，車窗因為雨水而迷濛。他想到自己乏善可陳的婚姻，但當他明白這不過是在自怨自艾時，便趕緊從風衣口袋中掏出報紙，試著專注於社論版。

他看來很疲倦，黝黑的皮膚在灰色光線下顯得泛黃。他削瘦的臉帶著寬大的前額和堅毅的下顎。短直的鼻子下方是兩片薄而寬長的嘴唇，嘴角兩端相距很遠，在他微笑時，你能看到他那健康的白牙。他的深色頭髮由平齊的髮線往後直梳，髮色尚未轉灰，一雙柔和的藍眸清澈而冷靜。他身材削瘦，但不算高，有點圓肩，從背後看去相當平凡。或許有些女人會認為他好看，但多數會認為他相當平凡；他的穿著並不顯眼，甚至有點過度拘謹。

地鐵車廂內的空氣沉悶得令人窒息，他和以往一樣略感不適。當車開抵中央車站時，他是第一個拎著手提包站在門邊等下車的。

他討厭搭地鐵，但開車上街根本動彈不得，要住進市中心的公寓又是遙不可及的夢想，所以目前他別無選擇。

開往哥登堡的快車在清晨七點半離站。馬丁・貝克翻查報紙，但找不到任何有關這則謀殺案的消息。他最後翻回藝文版，想讀一篇靈魂學家魯道夫・史丹的文章，然而沒幾分鐘就在車上睡著了。

他及時在抵達轉乘站豪斯堡時醒來。他口中又泛起那股鉛味，儘管已喝了三杯水，那味道還是消不去。

早上十點半，他抵達莫塔拉，此時雨已經停了。由於是第一次來到莫塔拉，所以他向車站內的書報攤詢問城市飯店該怎麼走，順便買了一份當地報紙及一包菸。

旅館就在離車站幾條街外的大廣場邊。走這一小段路程讓他清醒了不少。上樓進房後，他洗個手，打開行李，喝了一瓶服務生給的礦泉水。他駐足窗邊，凝視著外面的廣場好一會兒。廣場中央有尊雕像，他猜想那可能是巴扎・馮・普拉登*。之後他離開房間，準備前往當地警局；由於警局就在對街，他甚至沒穿風衣就直接出門了。

向值班警員表明身分後，他很快被帶往二樓一間辦公室門前。門上名牌寫著「艾柏格」。一名男子坐在桌子後，身形矮胖而頭頂微禿。他正在喝罐裝咖啡，夾克則披在椅背上；菸灰缸一角有一根菸正燃著，缸內已經滿是菸蒂。

馬丁・貝克習慣從門邊輕聲溜進室內，這習慣讓許多人不太舒服。有人甚至形容，馬丁・貝克能在溜進室內的同時迅速關上房門，讓人以為他還在外面敲門。

坐著的男子似乎稍微嚇了一跳，他將咖啡罐推向一旁後站起來。

「我叫艾柏格。」他說。

他的舉止裡帶有某種期待的神情，這神情馬丁・貝克此前也曾見過，也知道它從何而來。艾柏格是鄉下地方的警察，辦案陷入膠著；而他可是斯德哥爾摩來的專家。接下來的接觸對彼此的合作至關重要。

「請問大名？」馬丁・貝克問。

「我叫甘納。」

「柯柏和米蘭德在忙什麼？」

* 巴扎・馮・普拉登（Baltzar von Platen, 1766—1829）：瑞典海軍軍官。

「不知道，大概在查一些我疏忽掉的事吧。」

「他們曾露出『嗯，沒問題了！』的表情嗎？」

艾柏格搔了搔稀薄的金髮，苦笑著回到座位說：

「大概快了吧！」

馬丁・貝克在他對面坐下，取出一包菸放在桌邊。

「你看來很累。」馬丁・貝克一字一字地說。

「我的假期簡直是在地獄中度過的！」

艾柏格一口喝光咖啡，壓扁罐子，丟進桌底的字紙簍。

這人的辦公桌真是亂得驚人，馬丁・貝克想到自己在斯德哥爾摩的桌子，他的桌面一向相當整潔。

「那麼，」他問，「到底有何進展？」

「根本沒有，」艾柏格回答，「這一個多禮拜以來，我們所知的就只有醫生報告的那些。」

他出於習慣地做了口頭的例行報告。

「強姦後勒斃致死。兇手毫無人性，可能有變態的性癖好。」

馬丁・貝克微笑，艾柏格不解地看著他。

「你說『致死』，我自己有時也會這麼描述。我們報告寫太多了。」

「是啊，真煩！」

艾柏格嘆了口氣，又開始搔起頭髮。

「她是八天前撈起來的，」他說，「到現在我們仍然沒有任何訊息。她是誰、犯罪現場在哪裡、誰涉嫌，我們一概不知，我們找不到任何與她有關的線索。」

4.

「被勒死的。」馬丁·貝克沉思著。

他坐著翻看艾柏格從他桌上的籃子裡挖出的一捆照片，當中內容不外乎是水閘、挖泥船、鏟斗，以及屍體在防波堤和太平間的模樣。

馬丁·貝克挑出其中一張，擺在艾柏格面前說：

「我們可將這張剪接修飾一下，讓死者面容清楚些，然後開始調查。只要她是本地人，總會有人認得。你能投入多少人力來辦這個案子？」

「最多三個，」艾柏格回答，「現在正好人手不足，有三個人休假，一個斷了腿還在住院。除了督導拉森和我自己外，局裡只有八個人。」

艾柏格邊數著指頭邊說。

「其中一位還是女的。而且，其他案子也總得有人去辦。」

「如果情況壞到極點，我們必須向外求援，這案子還得花上一段時間！對了，最近有無任何棘手的性罪犯？」

艾柏格把筆放在前排牙齒上咬住，想了一下，接著從抽屜裡抽出一份文件。

「這裡有個審訊過的嫌犯，是個伐司喬區的強姦犯，前天剛在林策平被捕，不過根據布隆根送來的這份筆錄，他有一整週的不在場證明。我們正要放人。」

艾柏格將這文件放進桌上的綠色檔案夾中。

他們坐在那兒沉默了一分鐘。馬丁·貝克覺得餓了起來。他想起臨行前老婆叨唸著要他記得三餐正常，但現在他已有二十四小時未曾進食。

這房內瀰漫著一股濃厚菸霧，艾柏格起身開窗，他們正好聽到附近收音機傳來的報時訊號。

「一點了。」艾柏格說，「如果你餓了，我們可以差人去買點東西回來，我可是餓得像隻熊呢！」

馬丁·貝克點點頭，艾柏格立刻拿起話筒。過了一會兒，門外傳來敲門聲，一個身穿藍衣、紅圍裙的女孩帶著一只籃子走進來。

在吃下火腿三明治，喝了幾口咖啡後，馬丁·貝克說：

「你認為她是怎麼跑到那裡去的？」

「不曉得。水閘附近一向整天人來人往的，所以命案不太可能在那裡發生。兇手可能是從碼頭或河堤棄屍，之後螺旋槳造成水流又將她帶遠；或是犯人直接從船上棄屍，這也有可能。」

「哪些船隻會通過水閘？小船、遊艇之類的嗎？」

「有一些，但不多，還是以貨輪為主；當然也有運河觀光船通行，像是黛安娜號、朱諾號和威廉泰爾號。」

「我們可以開車到現場看看嗎？」馬丁．貝克問。

艾柏格拿著馬丁．貝克方才挑選的照片，起身說道：「我們現在就出發，我順便把照片送去沖洗室。」

他們從伯倫運河回來時將近三點。水閘附近交通繁忙，馬丁．貝克置身在碼頭上的觀光客與漁夫群中，看著往來的船隻。

他和挖泥船上的員工交談片刻後，走到水閘巡視一番。遠方處處可見在煦風中往來的獨木舟，他不禁回想起幾年前自己賣掉的那艘獨木舟。即使在回程途中，他仍不斷回味著昔日在島群間划舟的夏日時光。

回到辦公室時，艾柏格桌上放著八張剛從沖洗室送來的照片。相片經那位也是攝影師的員警修過，女孩的面容看來就像是在生前拍下的。

艾柏格看了一下，把其中四張放進綠色檔案夾中：

「很好。我等會兒就把照片分下去，讓他們立即開始調查。」

艾柏格幾分鐘後回到辦公室時，馬丁・貝克正站在桌邊揉著鼻子。

「我想打幾通電話。」他說。

「你可以用走廊底那間辦公室。」

這間房比艾柏格的大些，兩面牆上都有窗戶，房中擺設包括兩張桌子、五張椅子、一只檔案櫃，以及一張上頭擺著一部老舊的雷明頓打字機的桌子。

馬丁・貝克坐下來，將香菸和火柴擱在桌上，攤開綠色檔案夾，開始查閱裡面的報告內容。這些報告的內容也沒比艾柏格告訴他的多。

一個半小時後，他抽完整包菸，其間打了幾通白費功夫的電話，也曾和局長、總長拉森打過招呼，聽得出拉森的情緒疲憊而緊繃。就在他揉皺空菸盒後，柯柏來電。

十分鐘後，他們在旅館碰面。

「天啊，你看起來真落魄！」柯柏說，「要不要來根菸？」

「不了，謝謝。你有什麼收穫嗎？」

「我和一個《莫塔拉時報》的人聊過，他是伯倫斯堡這地方的編輯，他認為自己有些線索。大約十天前，有個林策平來的女孩要到此地工作，不過人一直沒出現；因為她在這裡人生地疏，所以沒人想到要報案。這報社的人認識她的老闆，於是自行展開調查，不過總問不到她是什麼模樣。這一點我倒是查到了，可惜不是同一人。她是個金髮的胖女孩，人還是不見蹤影。這調查就耗了我一整天。」

柯柏靠在椅背上，拿火柴剔起牙來。

「我們現在怎麼做？」

「艾柏格派了幾個手下去調查死者身分，你可以去幫忙。米蘭德過來時，我們會會同局長及拉森討論一次。你去找艾柏格，他會告訴你該做什麼。」

「你一道去嗎？」

「暫時不。告訴艾柏格，需要的時候，我就在我房裡。」

馬丁．貝克回到房內後脫下了夾克、鞋子和領帶，在床邊坐下。此刻天氣已經放晴，蓬鬆的白雲飄過天際，房內照進午後的陽光。

馬丁．貝克起身，稍微打開窗子，拉上黃色的薄窗簾。他躺到床上，手枕在頭下。

他想著那個被人從伯倫河床淤泥裡撈起的女孩。

一閉眼，他腦海就浮現她在照片中的模樣：全身赤裸、慘遭棄屍，還有那單薄的肩膀及一縷纏繞在喉嚨上的黑髮。

她是誰？她曾想些什麼？過著怎樣的生活？又遇見了誰？

她年輕貌美，一定有愛慕她，與她親密、關心她安危的人。她一定也有朋友、同事、父母，也許還有兄弟姊妹。不可能有人——尤其是像她這般年輕、迷人的女子——會如此孤單，連失蹤了都無人探問。

這些問題在馬丁・貝克心中縈繞許久。截至目前都沒有人來打聽她的下落，他為這無人關心的女孩感到悲哀，更不解為何如此。也許她曾向親友交代過她要遠行？若是如此，可能還要再過很長一段時間，才會有人開始納悶她到底人在何方。

問題是，還要多久？

5.

早上十一點半，這已是馬丁．貝克來到莫塔拉的第三天。他起了個大早，卻仍一事無成。此刻他正坐在小桌子旁翻閱他的記事本。好幾次他都想拿起電話，因為他實在該打通電話回家，但他卻什麼也沒做。

一如許多其他事情。

他戴上帽子，鎖上房門後走下樓梯。旅館大廳裡的安樂椅坐著幾名記者，兩只相機袋上以束帶綁著折起的腳架，就擱在地板上。其中一名攝影記者斜倚著入口旁的牆，正抽著菸。他相當年輕，將菸斜叼在嘴邊，舉起手中的徠卡相機望著觀景窗。

穿過這群人時，馬丁．貝克拉下帽子遮住臉，低頭逕直往前。這只是一種反射性的動作，卻似乎總會激怒某些人，因為其中一位記者以酸到不能再酸的語氣說：

「唉呦，今晚會和負責這案子的大頭們聚餐嗎？」

馬丁．貝克咕噥了幾句，也不知道自己在說什麼，腳步不停地走向大門。就在他打開門的前一秒，他聽到輕微的喀喳聲，是記者按快門的聲音。

他順著街道急走，直到認為已擺脫了那台相機才停下腳步。馬丁・貝克站在那兒猶豫了大約十秒，把抽了半根的菸屁股丟進水溝，聳聳肩，越過馬路到計程車站。他坐進計程車後座，右手食指揉著鼻尖，回頭注視著旅館的方向。他從帽沿下方看到方才在大廳對他說話的那名記者，他直接站在飯店前狠瞪著這輛計程車，但也只瞪了一會兒，之後就聳聳肩回到旅館。

新聞界和警政署凶殺組的人通常會住在同一家旅館。如果刑案很快就偵破，雙方通常會在最後一晚聚餐。多年來，這幾乎已成慣例，但馬丁・貝克並不喜歡，不過他的同事們可不這麼想。

即使他還不太習慣莫塔拉，但在這過去四十八小時，他對這座城市已經有了初步了解——至少他已經知道幾條路名，是坐在計程車上經過時看路標記下來的。他讓司機在橋上停車，付了車資後下車。他扶著欄杆，眺望運河。一會兒後，才想到自己忘了向司機要車資收據；如果等回到辦公室再生出一張，那也是挺可笑的。最好就寫清楚明細，請款才容易通過。

當他沿著運河北側的步道漫步時，心裡還在想著這些事。

這兒早上下過幾場雨，空氣清新怡人。他在步道正中央停下，感受那清爽的感覺。他沉醉在野花和濕草地的氣味裡，這讓他聯想到兒時……但那已是在菸草味、汽油臭和黏液等各種刺鼻味道奪去他敏銳嗅覺之前的事了。如今，他已罕能享受到這般愉悅。

馬丁・貝克穿過五道水閘後，繼續沿著海堤前行。水閘和防波堤附近停著幾艘小船，外面水域也隱約可見幾艘小帆船。防波堤外約一百五十碼處，挖泥船的鏟斗正發出鏗鏘巨響，幾隻海鷗在附近低空盤旋，像是在監視著，牠們的頭左右擺動，好似在等待鏟斗從河底撈起什麼。海鷗的觀察力和耐心真是驚人，更不用說牠們的持久力和樂觀了，這讓馬丁・貝克想到柯柏和米蘭德。

他走到防波堤盡頭，停留一會兒。她曾經躺在這裡，更精確地說，她遭人侵犯後的遺體曾躺在這裡，平放在防水布上，公開任人檢視；幾個小時後，她的遺體又被兩個身著制服、冷冰冰的人用擔架抬走；不久，一位年長的紳士因職業需要，又打開防水布，仔細檢驗她的遺體，並在送往停屍間前將她縫好。他沒有親眼目睹這一切。人生總有些值得慶幸之事啊。

馬丁・貝克突然意識到自己的雙手交握在背後，雙腳輪流墊著撐起體重，這是他在當巡警時無意間養成的習慣，到現在仍改不了。他站在這片灰暗、陰沉的地面，注視著地上殘留的粉筆痕，那是最初例行調查時畫上、又被雨水沖刷後殘留的。這些景象必然盤踞在他心頭，馬丁・貝克沒察覺四周已起了許多變化。再度抬頭時，他看到一艘白色小遊艇正以高速開入水閘。它經過挖泥船時，大約有二十台相機對著它拍照，這還不算什麼，挖泥船的船長竟也爬出船艙對它拍照。馬丁・貝克盯著那艘船駛入匣門，只注意到一些難看的小地方：船身還算乾淨，但主桅杆被截斷了，而原本該豎上一根挺拔優美的煙囪之處，卻換成詭異、流線型的錫質小頂蓬；還有，在船身內乾嚎著的一定是柴油引擎。船上甲板擠滿遊客，多數是上了年紀的老人，也有一些中年人夾雜當中，有些甚至戴著繞有花紋緞帶的草帽。

這船叫「朱諾號」。他記得和艾柏格初次會面時他曾經提到這艘船。防波堤上和運河口現在已有許多人，有些人在釣魚，有些在日光浴，但大多數人只是無所事事地看著那艘船。馬丁・貝克此時終於找到理由打破沉默。

「這艘船每天總在這時通過嗎？」

「如果它是從斯德哥爾摩過來的話就是，大概十二點三十分吧。和它對開的船會晚一點到，大約四點，它們會在瓦茲特納交會，也停泊在那兒。」

「這兒人真多。我是指岸上。」

「大家都是來看船的。」

「每天都這麼多嗎？」

「通常是。」此人抽出口中菸斗，接著朝水裡吐口水。

「就站在那兒看那些觀光客，不也挺有趣的？」

馬丁・貝克沿河堤往回走時，又經過了那艘小船。它已經駛過一半行程，正在第三道水閘中被水平穩地舉升。許多旅客此時已經上岸，有些在拍這艘船，有些圍在堤邊的書報攤，買些無疑是香港製的明信片或塑膠材質的小紀念品。

馬丁．貝克其實不趕時間，但他心底顧及政府經費，遂捨計程車而搭巴士回城。回到旅館時，大廳既沒有記者等候，櫃台也無給他的留言。他上樓回房，坐在桌前遠眺廣場。其實他大可再去警局一趟，但今早他已經去過兩次了。

半小時後他撥電話給艾柏格。艾柏格說：

「很高興你打來，檢察官正在這兒。」

「所以？」

「他正煩惱六點有場記者會要開。」

「噢。」

「他希望你也到場。」

「我會過去。」

「帶著柯柏跟你一起來吧，我沒時間通知他。」

「米蘭德人呢？」

「和我的同仁出去追一條線索。」

「這麼說，是有什麼新發現嗎？」

「可惜不是。」

「那去幹嘛？」

「沒什麼。檢察官正煩惱媒體的事。又有電話進來了。」

「好，等會兒見。」

馬丁・貝克無精打采地繼續坐在桌前，抽完所有的菸。而後，他看看時間，起身開門走往門外走廊。他在走到第三扇門時停下，敲過門後立刻以他一如往常的方式迅速無聲地走進房內。

柯柏脫了鞋子和外套，敞開襯衫領口，正躺在床上看晚報。他的配槍則用領帶裹著，擱在床頭櫃上。

「我們今天可說是兩面挨打，」柯柏說，「這些小王八蛋，還真會來找碴。」

「你說誰？」

「那些記者。什麼『殘忍的莫塔拉美女謀殺案，當地警方束手無策，連警政署凶殺組也仍在黑暗中摸索。』真不知道他們憑什麼這樣推斷。」

柯柏身材肥胖，神情一向愉悅而淡然，這使得許多人對他會有致命的誤判。

「『這案子一開始似乎沒什麼特別，但現在卻越變越複雜。專案小組的指揮官不透露任何消息，但已下手清查幾條線索。伯倫的美女裸屍……』，幹！」

他讀完這則報導的其餘部分，把報紙甩到地上。

「什麼美女！那個大屁股、小胸部和蘿蔔腿的普通女人嗎？」

「她的屄是很大，對啦，」柯柏說，「但那正是她的不幸所在。」他饒有哲理似地補上這句話。

「你去看過她嗎？」馬丁・貝克問。

「當然，難道你沒有？」

「只看了照片。」

「噢。我倒是看過。」

「你今天下午做了什麼？」

「你說呢？還不是看這些訪談的調查報告。簡直是堆垃圾！派十五個人四處去調查，這根本沒道理，每個人有每個人不同的表達方式和切入點。有些人在四張滿滿的報告裡只提到一隻獨眼貓和幾個流鼻涕的小孩；其他人發現了三具屍體和一個定時炸彈，卻只寫了短短幾行字！更糟的是，大家問的問題五花八門，竟然沒一個一樣！」

馬丁・貝克一語不發。柯柏嘆了口氣。

「他們做調查真該有個固定方法，那樣至少可省下五倍時間。」

「沒錯。」

馬丁・貝克伸手在口袋裡翻找著。

「你知道我不抽菸的。」柯柏開玩笑地說。

「檢察官半小時內要開一場記者會，他要我們到場。」

「如果讓我們反問那些記者一次，」柯柏指著報紙，「那應該會很精采。有個傢伙這四天接連來都預測嫌犯會在今晚之前落網，而那女屍看來有點像安妮塔・愛克柏格，* 又有點像蘇菲亞・羅蘭。**」

他在床上坐起，扣上襯衫鈕釦、繫上鞋帶。

馬丁・貝克走向窗邊。

「看來隨時會下雨。」

「要命啊！」柯柏打了個呵欠說。

「累嗎？」

「我昨晚只睡了兩個鐘頭。我們在月光滿布的森林中，追查那個聖席格菲來的怪物。」

「是，了解。」

「是，了解！而在這無聊的觀光城閒逛七個小時後，竟有人特地來告訴我，前天晚上，一群住在斯德哥爾摩克萊拉車站後街的小鬼，已經在柏瑞里公園逮到那傢伙了！」

柯柏穿好衣服，插好槍，瞄了馬丁．貝克一眼說：「你看來很沮喪。怎麼了？」

「沒什麼。」

「好，我們走，全世界的記者都在等著呢！」

記者會現場大約有二十名記者；此外另有檢察官、警察總長拉森、一個電視攝影記者及兩名隨行的燈光師。艾柏格不在，檢察官坐在桌子後面，正若有所思地在看一份文件。其他幾個人站著，因為椅子不夠。房間裡很吵，大家同時在說話，擁擠的空間內已有不悅的氣氛。馬丁．貝克不喜歡人群，他背靠著牆，與每個人相距幾步，站在提問與答覆的兩方中間。

幾分鐘後，檢察官轉向拉森，用足以壓過房內所有吵雜聲的音量問：

「該死的艾柏格到哪去了？」

拉森立刻抓起電話，艾柏格在四十秒後走進房內。他雙眼通紅、汗流浹背，正努力要把夾克穿好。

---

* 安妮塔．愛克柏格（Anita Ekberg, 1931—2015）：瑞典女演員，最著名的螢幕形象，是義大利導演費里尼名片《甜蜜生活》（La Dolce Vita）中跳進噴水池跳舞的女主角。

** 蘇菲亞．羅蘭（Sophia Loren, 1934—）：義大利國寶級女演員。

檢察官起身用他的鋼筆輕敲桌面。他身材修長、體格健碩而且穿著得體，但給人一種過分優雅的感覺。

「各位，很高興見到大家對這場臨時記者會這麼捧場。這裡容納了各種媒體的代表，包括報紙、廣播和電視。」

檢察官向那位電視攝影記者稍微點頭致意，顯然，他在滿室記者裡唯獨認得出這位記者。

「很感謝各位……一開始處理此一悲劇的態度……大多數報導是有根據的正確的報導……但不幸有少數例外。煽情的文章和輕率的推測，對如此敏感的案件實在並無幫助……」

柯柏打了個大呵欠，而且甚至懶得用手稍微遮掩。

「眾所周知，這個案件已經……無庸贅述的是，最為關鍵的部分以及最……」

艾柏格從房間另一端望著馬丁・貝克。他已預見還有一堆廢話尚待出籠，淡藍色的眼裡流露出沮喪的神情。

「如上所述……關鍵的部分需要特別謹慎處理。」

檢察官繼續長篇大論。馬丁・貝克看著坐在他正前方的記者，從他的肩頭看去，此人正在筆記本上塗鴉畫星星。那名電視攝影記者則斜倚著腳架。

「因此我希望，哦，不，我是說，我們雖未請求援助，但非常感激許多人鼎力相助。簡而言之，我們需要神探們幫忙，他們來自警政署凶殺組。」

柯柏又打了個呵欠，艾柏格看來更加絕望。

馬丁．貝克這時才大膽地環顧四方，看看房內的人。他認得當中三位記者，他們年紀較長，同樣來自斯德哥爾摩；他還認出其中幾位，大多數記者看起來相當年輕。

「除此之外，我們收集到的資料都已在各位手上了。」檢察官語畢後坐下。

他的開場白到此為止。接著由警察總長拉森等人開始依序回答問題。大部分的問題重覆而且相關，又多半是由三位年輕記者接力式地開砲。馬丁．貝克注意到許多報社記者只是靜靜坐著，不做任何筆記；對於案發至今仍無線索的警方，這些老手似乎流露出同情和理解。攝影師也打起呵欠了，這室內因香菸而瀰漫著濃厚菸霧。

問：之前為何一直沒有召開記者會？

答：這個案子至今線索仍不足。此外，案子裡有某些重點不能公開，以免影響查案的進度。

問：嫌犯是否能很快就逮？

答：有此可能。但就目前而言，我們無法肯定回答。

問：警方找到任何有用線索了嗎？

答：只能說，我們的調查正朝向幾個特定的明確方向進行。

（這一段砲轟後，拉森求救似地看著檢察官，但他只顧翻來覆去地檢查自己的指甲皮。）

問：剛剛似乎有一些批評是針對我們記者同仁而來。請問承辦長官，你們是否認為我們做了扭曲事實的報導？

答：不幸的是，正是如此。

（提問這問題的，正是寫出那篇讓柯柏印象深刻的報導、惡名昭彰的記者。）

問：實際上應該是警方不理會記者的詢問，揚長而去吧？所以我們不得不帶著器材到堤防自己想辦法找些資料。

答：嗯。

（幾位不太開口的記者此時開始露出不悅的表情。）

問：警方指認出死者身分了嗎？

答：還沒。

（拉森此時掃了艾柏格一眼，把問題丟給他，悠閒地坐下後從胸前口袋掏出雪茄點著。）

問：死者有可能是城裡人，或來自附近郊區嗎？

答：不像是。

問：為什麼不像？

答：如果是，我們應該已可指認出死者身分。

問：只憑這個，警方就懷疑死者是外地人？

（艾柏格鬱悶地望著拉森，後者只顧專注地抽著他的雪茄。）

答：是的。

問：警方在防波堤附近的湖底打撈工作，可有任何斬獲？

答：我們有一些發現。

問：和本案有關嗎？

答：很難說。

問：死者年紀多大？

答：推測介於二十五至三十歲之間。

問：發現時已死了多久？

答：那也很難說，大約三、四天。

問：現在大眾對本案的了解仍十分模糊，可否告知一些更精確的細節，或真正進行的狀況？

答：我們現在就在這麼做。我們修過死者面容的照片，你要是有興趣可以來拿一張。

（艾柏格開始分發桌上成堆的文件。室內潮濕的空氣更濁重了。）

問：她身上有任何特徵嗎？

答：就我們所知，沒有。

問：什麼意思？

答：很簡單，就是說她身上沒有任何痕跡。

問：牙醫檢查後有透露任何線索嗎？

答：她的牙齒很好。

（接著是一陣冗長難堪的沉默。馬丁・貝克注意到正前方那位記者還在畫星星。）

問：是否有可能是在別處丟進水裡棄屍，而後被水流帶到防波堤邊？

答：不太可能。

答：我們還在查。

問：警方挨家挨戶查問可有問到什麼？

問：所以可以這麼形容：「警方手上有一件謎樣的案件」？

這時檢察官回答：

「大部分案件一開始都是個謎。」

記者會就以此句收尾。

散場時，一位老記者攔住馬丁・貝克，他將手擱在貝克的臂上問道：「你也毫無頭緒嗎？」

馬丁・貝克搖頭。

艾柏格的辦公室裡有兩個人正仔細檢視訪談調查得來的資料。

柯柏走到桌邊，順手看了幾份報告，聳聳肩。

這時艾柏格走進來，脫下外套掛在椅背上，然後轉身告訴馬丁・貝克：「檢察官想和你談談，他還在記者會會場。」

檢察官和拉森還是坐著。

「貝克，」檢察官說，「依我看，你不必留在這兒了。你們三位在此地的工作告一段落。」

「說的也是。」

「我認為，剩下的工作移到別的地方做會更好。」

「有可能。」

「簡言之，希望你別在此地耽擱。而且你在此地出現，可能會誤導外界想法。」

「我也這麼認為。」拉森補充說。

「我也是。」馬丁．貝克說。

他們握握手。

艾柏格的辦公室裡仍是一片肅靜。馬丁．貝克悶不吭聲。

不一會兒，米蘭德進來，掛好衣帽後向其他人點點頭。他隨後走向艾柏格的打字機，放紙進去打了幾行字，再將之抽出簽名，放進桌上的文件夾。

「那是什麼？」艾柏格問。

「沒什麼。」米蘭德說，仍然帶著一進門時那種公事公辦的態度。

「我們明天就回去了。」馬丁．貝克說。

「真好。」柯柏邊說邊打呵欠。

馬丁．貝克走向門邊，踏出幾步後轉身看著打字機旁的米蘭德。

「你要一起回旅館嗎？」

艾柏格往後一靠，仰看著天花板，而後起身解開領帶。

他們和米蘭德一起回旅館，走到大廳才分開。

「我吃過了，」米蘭德說，「晚安。」

米蘭德有點潔癖，又很節省出差費，所以出差時只吃熱狗果腹，而且不喝酒。

另外三個人逕赴餐廳入座。

「琴酒，加通寧水，」柯柏說，「要Schweppes這牌子。」

其他人點了牛肉、烈酒和啤酒。柯柏三兩口就把飲料灌完，馬丁．貝克卻掏出剛剛艾柏格分發給記者的資料開始細讀。

「能否幫個忙？」馬丁．貝克看著柯柏說。

「隨時都可以。」柯柏回答。

「麻煩你寫一篇描述，為我個人寫的。是描述、而非報告，不是描述屍體，而是描述一個活人；越詳盡越好，描述死者生前應有的相貌。不過這事不急。」

柯柏愣了一會兒。

「這下我懂你的意思了，」他接著說，「對了，艾柏格今天提供給媒體的資訊有個錯誤。這女人其實有個胎記，就在她左大腿內側，棕色的，形狀像豬。」

「我們沒看到。」艾柏格說。

「但我看到了。」柯柏說完便先離開。他臨走前丟下一句：「別灰心，不是每個人都有好眼力。無論如何，這案子現在歸你管了，就當你從沒見過我好了。後會有期。」

「後會有期。」艾柏格說。

剩下的兩人安靜地吃著晚餐。過了很久，艾柏格看著酒杯，沒抬起頭地說：

「你真要放下這個案子不管？」

「不會。」

「我也不會，絕對不。」

半小時後，他倆互相道別。

馬丁・貝克回房時，發現門下有一疊摺過的紙。他打開一看，馬上認出是柯柏工整又清楚的字跡。他和柯柏相識已久，一點也不驚訝事情已辦妥。

在展讀之前，馬丁・貝克脫下衣服，用冷水擦淨上身，換穿睡衣。他接著將皮鞋放到門外走廊，將長褲鋪平放在床墊底下，打開床頭燈，關掉頂燈後才鑽上床。

柯柏寫著：

1. 如你所知，她身高五呎六吋半，眼睛為灰藍色，髮色暗棕。她的牙齒很好，除了左大腿內側、距陰部約一吋半上方之處有個胎記之外，沒有其他手術疤痕或記號。胎記是棕色的，大約一角錢那麼大，成不規則形，看似一隻小豬。根據驗屍官的說法（我在電話中逼他告訴我的），她大約二十七、八歲，體重約一百二十三磅。

2. 她的身材描述約略如下：肩和腰細瘦，臀部寬大且發育良好。生前的三圍應該是：32、23、37。大腿又長又壯，小腿粗壯但肌肉結實有力，腳板生長良好，腳趾直長。腳底有重重老繭，但沒長雞眼，應該是常打赤腳，而且常穿涼鞋或橡膠靴。腿毛很多，顯然很少穿長褲。她走路內八字，但似乎腳趾常朝外走，所以有奇怪的腳型。她身上肉很多，但不算肥胖，手臂纖細，手掌不大但手指細長，鞋子穿七號。
3. 由身上的日曬膚色來看，她穿兩件式泳裝，還戴太陽眼鏡，平時穿夾腳涼鞋。
4. 性器官發育良好，深色陰毛濃密。胸部小而鬆弛，暗棕色的乳頭相當大。
5. 脖子相當短，五官容貌深刻。厚唇大嘴，眉毛色深，又濃又直，但睫毛顏色較淡，而且不長。臉上沒有化妝痕跡。手腳指甲很硬，剪得很短，也沒有抹指甲油的痕跡。
6. 我在驗屍報告中（你也讀過）特別注意到，她既沒懷孕也沒墮胎過，所以這案子無法用常理推斷（沒發現精液殘留）。她死前三至五小時曾進食，有肉、馬鈴薯、草莓和牛奶。身上沒有疾病或組織病變，而且不抽菸。

我已麻煩櫃台六點叫我。晚安！

馬丁・貝克將柯柏的觀察細細讀過兩遍，才摺好放在床頭櫃上。他熄燈，轉身面牆就寢。直到曙光初現，他仍輾轉難眠。

6.

他們開車離開莫塔拉時，柏油路面已泛出微微熱氣。此刻是一大清早，路上一片平坦空曠。柯柏和米蘭德坐在前座，後座的馬丁．貝克則搖下車窗，讓微風拂面。他不太舒服，有可能是因為他早上更衣時喝下的那幾口咖啡。

「柯柏在開車，技術奇差無比。」馬丁．貝克心裡這麼想，但這次他沒出聲。米蘭德面無表情地望向窗外，口中緊咬著菸斗柄。

就這樣沉默地開了大約四十五分鐘後，柯柏向左邊點了點頭，他們看到樹林間有個湖泊。

「羅克森湖，」他說，「信不信由你，伯倫、羅克森和格蘭，是我離開學校後唯一記得的東西。」

另外兩人一語不發。

他們在林策平市的一家餐廳停下來用餐，馬丁．貝克還是覺得不舒服，所以留在車上。

米蘭德吃過早餐後心情明顯好多了，開始沿途和柯柏在前座有一句沒一句地閒聊起來；馬丁・貝克依然不發一語，他不想開口。

抵達斯德哥爾摩後，馬丁・貝克就直接回家。他太太正在陽台上做日光浴。她穿著短褲，一聽到開門聲，連忙拿起欄杆上的胸罩，站了起來。

「嗨，你還好嗎？」她說。

「很糟。孩子呢？」

「騎腳踏車去游泳了。你一臉蒼白，想必是沒好好吃飯。我去弄點早餐給你。」

「我很累，」馬丁・貝克回答，「什麼都不想吃。」

「很快就好了。你坐一下……」

「我不要吃早餐。我要睡一會兒。一小時後叫我。」

此時是十點十五分。

他走進臥房，轉身關上房門。

她叫醒他時，他以為自己只睡了幾分鐘。

但時鐘卻指著十二點四十五分。

「我說一小時的。」

「你看起來這麼累。哈瑪局長正在電話上等你。」

「噢，該死。」

一個小時後，馬丁．貝克已坐在局長辦公室裡。

「你們什麼都沒查到？」

「對，我們什麼也沒查到。我們不知道她是誰、在哪裡遇害，更別說兇手是誰。現在只大略知道她何時、如何遇害，沒別的了。」

哈瑪坐著，手掌蓋著桌面，皺起眉頭研究著自己的指甲。他是個好長官，為人冷靜，幾乎可說有點遲鈍，兩人一向相處融洽。

哈瑪局長雙手交扣，抬眼看著馬丁．貝克。

「和莫塔拉警方保持聯絡。你猜的可能沒錯，這女孩可能在度假，正打算離開，甚至出國。如果她計劃的旅行為期三週，那可能還得再等上兩週才會有人發現不對勁。無論如何，報告盡快送來給我。」

「您今天下午就會收到。」

馬丁．貝克走進自己的辦公室，取下打字機蓋，在快速翻過艾柏格送來的報告後開始打字。

五點半，電話鈴聲響起。

「你要回家吃晚餐嗎？」

「大概不會。」

「難道沒有其他警察，就只剩下你了？」他太太說，「還是你喜歡事必躬親？難道你連回家和親人相處的時間都沒有？孩子都在問你去哪兒了。」

「我盡量趕在六點半前回家。」

過了一個半小時，馬丁・貝克才完成報告。

「回家好好睡一覺吧，」哈瑪說，「你看起來很累。」

馬丁・貝克的確累了。他搭上計程車回家，吃了晚餐便上床睡覺。

他立刻沉沉睡去。

凌晨一點半，電話聲叫醒了他。

「你睡著了嗎？對不起把你吵醒。我只是要告訴你，這個案子破了！他自首了！」

「誰自首了？」

「荷姆，住她隔壁，是他老公。他是在徹底崩潰後招供的。出於嫉妒，這不是很好笑嗎？」

「誰的鄰居？你在說什麼啊？」

「當然是史特蘭金那個女人哪！我只是想早點告訴你，免得你翻來覆去睡不著，浪費時間去想已經偵破的案子……噢，我搞錯了嗎？」

「對。」

「該死！對不起，這不是你的案子，是史丹斯壯的。真抱歉，明天見。」

「謝謝你打來。」

馬丁・貝克說完後躺回床上，但已無法入眠。他仰望天花板，聽著妻子輕微的鼾聲。他感到空虛和失望。

晨光開始在房中閃耀，他翻個身心想：「明天，我要打個電話給艾柏格。」

他在隔天撥了這通電話，兩人在之後的一個月裡每週會聯絡四至五回，但一直沒什麼新發現，受害人的身分依然成謎。報紙已不再報導此案，而哈瑪也不再追問案子的進度。失蹤人口的報案資料裡仍然沒有與受害人特徵相符的。有時馬丁・貝克覺得死者好像從來不曾存在，除了艾柏格和他，每個人似乎都忘了曾經見過她。

八月初，馬丁・貝克請了一週長假，帶著家人到島群去度假。休完假後，他又一頭栽入紛至沓來的例行工作，很快又回到一副沮喪、沒睡飽的模樣。

八月底的一個晚上，馬丁・貝克躺在床上，瞪著一片闇暗，無法成眠。

艾柏格當晚深夜從城市飯店打來，他在電話那頭聽來像喝了酒。他們就這起案件聊了一會兒。掛電話前，艾柏格說：「不管兇手是誰，也不管人在哪裡，我們一定會逮到他。」

馬丁·貝克爬起來，赤腳走到客廳，打開檯燈，望著那艘丹麥號模型船。這船還有索具仍待完成。

馬丁·貝克坐在桌前，從櫃子裡順手拿出檔案夾。柯柏對受害人的特徵描述及莫塔拉警方拍攝的照片，已經在檔案裡躺了兩個月。儘管他對柯柏所做的描述早已滾瓜爛熟，但還是緩緩地又細讀一遍。隨後，他將照片放在面前仔細查看。

在將資料放回檔案夾，準備關燈時，他心想：「不管她是誰，不管她來自何方，我一定要查出來。」

7.

「國際刑警組織啊！魔鬼與他們同在。」柯柏說。

馬丁．貝克一言不發，柯柏攬著他的肩膀。

「那些垃圾還是用法文寫的嗎？」

「當然，這是土魯斯警方轉來的。他們那邊有人失蹤。」馬丁．貝克說。

「法國警方啊，」柯柏說，「去年我透過國際刑警組託他們尋人，要找個狄爾索爾摩地方的小姑娘。整整三個月沒消沒息，後來才收到法國警方寄來一封長信。我一個字也不懂，只好交給別人翻譯；誰知報紙隔天就登出消息，說有個瑞典遊客找到她了。找到她？狗屁！當時她就坐在巴黎那間舉世聞名的咖啡店，瑞典披頭族常去的那間，叫什麼……」

「Le Dôme──圓頂咖啡。」

「對，就這間！她正和幾個和她同居的阿拉伯人坐在店裡，而且這六個月來天天都在那兒。那封信在那天才譯好，信上說法國警方已經找了三個多月，確認她已不在法國，甚至有可能死了。『正常的』失蹤一般在兩週內可結案，但這次，他們說，可能是個大案子。」

馬丁・貝克把信摺好，放進抽屜。

「他們說什麼？」柯柏問。

「你是說那個土魯斯女孩？西班牙警方一週前在馬瑤卡島找到人了。」

「真要命！這信蓋那麼多官印，寫得這麼長，就只說了這麼丁點的資訊。」

「正是如此。」馬丁・貝克說。

「無論如何，你那女孩一定是瑞典人，大家一開始都這麼想。真奇怪。」

「哪裡奇怪？」

「不管她是誰，竟然沒有人想念她。就算是我，有時也會想到她啊。」

柯柏的聲調逐漸變了。

「這讓我生氣，」他說，「非常生氣。你手上現在有多少無頭公案？」

「連這一起共二十七件。」

「這麼多？」

「沒錯。」

「別想太多了。」柯柏說。

「不會的。」

「好建議總是說的比做的容易。」馬丁・貝克心想。他起身走到窗邊。

「我得趕回去處理手上那個犯人，」柯柏說，「他可以邊笑邊殺人，多可怕！他先是喝了瓶汽水，接著就拿斧頭砍死自己的妻兒；他還想放火燒房子，再拿鋸子割喉。而且他又在警局哭鬧說食物難吃。今天下午我得押送他去瘋人院。」

「老天，人生真是詭異。」柯柏補上這句，關門離開。

警局和克里斯丁堡旅館之間的樹木已開始變色、落葉了。灰暗低沉的天空滿是陣陣雨幕和遭風雨撕扯的雲團。今天是九月二十九日了，秋意襲人。馬丁・貝克厭煩地看著手上抽了一半的菸，想到自己對溫度變化的敏感，以及長達六個月的凜冬難耐寒氣眼看就要襲來。

「可憐的小朋友，不管你是誰。」他自言自語著。

他知道，破案機會可能會日漸渺茫。他們可能永遠查不出受害者身分，更別提捉拿兇手，除非他再次犯案。防波堤上的女子至少還有張臉、遺體和一個沒刻上姓名的墳碑。但兇手是誰卻還沒有個底，連輪廓都沒有，只有模糊的概念；然而，模糊的概念中看不出殺人動機，看不到銳利武器，也看不出勒斃死者的那雙手。

馬丁・貝克整頓一下思緒：「牢記你擁有警察最重要的三項美德，」他心想，「你不屈不撓，能做邏輯思考，而且非常冷靜。你不允許自己慌亂，不管什麼案子永遠表現得很專業。『噁心』、『可怕』、『殘忍』這種種字眼只屬於報紙，與你的思考無關。殺人兇手也不過是個凡人，只是比較不幸或不適應這社會。」

自從上次在莫塔拉的城市飯店道別後，他沒再見過艾柏格，但兩人倒是常以電話聯絡。他記得上禮拜通話時，艾柏格最後說的是：「放假？這個案子沒解決我就不放假。我會很快蒐集好所有資料，就算我得獨力把伯倫市剷平，也要繼續追查下去。」

最近艾柏格已經變得不是「固執」兩個字可以形容了，馬丁·貝克心想。

「該死，該死，該死！」他的拳頭敲打著前額，邊嘀咕著。

接著他回到桌前坐下，椅子左轉九十度，失神地望著打字機上的紙。他試著回想原本自己在柯柏拿著那封信進來前要寫的東西。

過了六小時。下午四點五十八分，他穿戴好大衣和帽子，準備開始詛咒那擁擠的南向地鐵。外面還下著雨，他已經能聞到濕衣服的霉味，感受到得站在一群陌生軀體間、被緊緊圍困住的恐慌感。

四點五十九分，史丹斯壯來了。他跟平常一樣，沒敲門就進來。此舉雖然惱人，但比起米蘭德啄木鳥般的訊號或柯柏打雷般地猛捶，還算讓人能忍受。

「這是失蹤女子組傳來的消息。你最好寄一封感謝函給美國大使館。是他們代為傳話的。」

他讀著這張淡紅色的電報。

「內布拉斯加州林肯市。上次是什麼地方？」

「紐約州阿斯托立雅市。」

「就是他們寄來三頁資料，卻忘了提她是黑人那次？」

「對。」馬丁・貝克說。

史丹斯壯把電報遞給他說：

「這號碼可以找到某個大使館裡的人。你應該給他打個電話。」

能將擠地鐵回家的酷刑延後，馬丁・貝克雖有罪惡感，但暗自竊喜。他回座位撥電話，但時間已晚，大使館下班了。

隔天是週三，天氣甚至更糟糕。早報上登出一篇舊聞，提到大概是在瑞典南部一個叫做瑞恩的地方，有個二十五歲的家庭主婦失蹤。她在假期後並未返家。

中午以前，他們已把柯柏記述的內容和修飾過的照片資料，分送給瑞典南部的警局，以及美國內布拉斯加州林肯市警局凶殺組偵查隊副隊長，艾默・卡夫卡。

吃過午餐後，馬丁・貝克覺得脖子上的淋巴腺腫了起來，當晚回家時，他要講話、吞嚥都有困難。

「明天警政署不需要你，就這麼決定了。」他太太說。

他正打算開口回話，但看著孩子，他閉嘴了。

她很快就乘勝追擊。

「你的鼻子完全塞住了，喘得好像魚離開水一樣。」

他放下刀叉，咕噥說著「謝謝這頓晚餐」，隨後專心去組模型船。組模型讓他慢慢平靜下來。他緩慢但有條不紊地拼組丹麥號，方才那些不快的念頭已不復存在，隔壁房間的電視聲也聽若未聞。過了好一會兒，他女兒一副愛理不理的樣子站在房門口，臉頰上還有泡泡糖渣。

「有人打電話來。真討厭，現在派瑞・梅森探案正演到一半呢。」

真該死，他早該把電話移走的！真該死，他早該跟孩子一起成長的！真該死，跟一個已經發育完全、又喜歡披頭四的十三歲孩子該聊些什麼？

他以一種畏縮的姿勢走進客廳，偏偏還是在梅森那張占滿電視螢幕的狗臉上投下愚蠢的影子。他只好拿著電話走出客廳。

「喂？」艾柏格說，「我想我有新發現了。」

「是什麼？」

「記得我們提過夏季裡會在白天十二點三十分和四點經過的運河船吧？」

「記得。」

「這禮拜我在查小船和貨輪的航行記錄。要查出所有經過的船隻幾乎不太可能，不過，一個小時前，我們單位有個一般勤務部門的小子突然說，今年夏天某個晚上，有艘向西開的客輪在半夜經過普拉登。他記不得是哪天，而且是剛剛我問起，他才想到曾經有好幾晚都在那個地區值勤。這似乎難以置信，但他發誓是真的。船夜半開過的隔天他就休假去了，之後也忘了提。」

「他有認出是哪艘船嗎？」

「沒有。不過，我打電話到哥登堡和船務公司的人談過此事。其中有人說應該確有此事，他認為那艘應該是『黛安娜號』，還給了我船長的住址。」

隨後是一陣短暫的沉默。馬丁·貝克聽到艾柏格劃了一根火柴。

「我找到了船長，他說他當然記得，儘管他寧願忘記。他們起先因為大霧，被迫在哈夫林吉停了三個小時；接著馬達的蒸氣管又壞了……」

「引擎。」

「你說什麼？」

「是引擎，不是馬達。」

「噢，對。總之他們為了修船在索德策平停了超過八小時，也就是說，他們那次晚了將近十二個小時，才在午夜通過伯倫運河。他們甚至沒在莫塔拉或瓦茲特納停留，就直接開去哥登堡。」

「這是何時的事？哪一天？」

「船長說是仲夏之後的第二趟航程，也就是七月五日的前一夜。」

隨後十秒鐘，兩人不發一語。艾柏格接著說：

「這日期就在發現遺體四天前。我又打了電話給船長確認時間。他想知道是怎麼回事，但我問他在哥登堡下船時，是否有點名。他回答：『他們何必點名？』我說我不知道。他一定認為我瘋了。」

又是一陣沉默。

「你認為這當中有什麼意義嗎？」艾伯格說。

「我不知道，」馬丁・貝克答說，「有可能。不管怎樣，你做得很好。」

「如果船上每個人全都確實抵達哥登堡，那就不值得追究了。」

他的聲音奇妙地混合著失望和節制的勝利感。

「我們得好好檢視所有資料。」艾柏格說。

「當然。」

「再見。」

「再見。我會再和你聯絡。」

馬丁・貝克呆站著，手仍擱在電話上。他皺著眉，像個夢遊者似地穿過客廳。他小心翼翼地關上門，坐在模型船前，舉起右手想調整主桅，卻又立刻放下。

他在桌前又呆坐了一小時，直到他太太進來催促去他睡覺。

8.

「沒有人會說你氣色不錯。」柯柏說。馬丁．貝克的確身體不適。他感冒了，喉嚨又痛，耳痛胸悶。這回感冒確實依照進度發展，正進入最嚴重的階段。儘管如此，他白天還是都待在辦公室，藉此刻意藐視感冒和妻子嘮叨的威力。至少他不必躺在床上，如此就能逃離那種令他喘不過氣的照料。因為孩子都大了，他太太只能對他扮演家庭護士的角色，不然她那激切而專斷的關懷沒處去；對她來說，他的感冒傷風也要比照生日或重要節日一樣處理。

此外，出於某種原因，他實在擱不下良心待在家裡。

「既然不舒服，你還在這兒晃幹嘛？」柯柏說。

「我還好。」

「這個案子就別想這麼多了，這又不是我們頭一次失敗，也不會是最後一次，這一點你比我還清楚。我們盡力了，就這樣。」

「我想的不只這個案子。」

「別再悶著沉思了，這對士氣不好。」

「士氣？」

「對啊，想一大堆有的沒的，浪費時間。沉思是效率低落之母。」

柯柏說完就離開了。

這是陰鬱而平淡的一天，他噴嚏不斷，乏味的例行公務亦然。他打了兩次電話到莫塔拉，主要是為了鼓舞艾柏格，因為艾柏格覺得昨晚的發現似乎和水閘女屍沒有任何關聯，實在沒幫上什麼忙。

「我想，一個人若是辛苦工作很久卻毫無成果，會容易高估了某些東西。」

艾柏格的聲音有點崩潰和懊悔，聽來幾乎令人心碎。

那個在瑞恩失蹤的女孩還是沒找到，但他並不緊張。她五呎一吋高、金髮、有著碧姬・巴杜的髮型。

他在五點時搭計程車回家，但在到家之前的地鐵站就下車，走一小段路，以免他太太要是看到他步下計程車，又會對用錢方式開始一番激烈爭吵。

他什麼都吃不下，只喝了甘菊茶。「為了安全起見，我得說自己胃痛。」馬丁・貝克心想。

他走進房間，躺下後很快就睡著了。

翌晨，他覺得好一些。他吃了一塊餅乾，還以節制的冷靜態度喝下老婆擺在他面前那杯滾燙的蜂蜜水。他老婆不斷以政府對雇員的口氣，慢條斯理地評斷他的健康狀況，同時提出一堆不合理的要求。他趕到克里斯丁堡的辦公室時，已經十點十五分了。

桌上有一封電報。

一分鐘後，儘管門上「請勿打擾」的紅燈亮著，馬丁・貝克依然沒敲門就進入上司的辦公室。這是他八年多來頭一次這麼做。

哈瑪局長和人永遠都在的柯柏正斜倚著桌邊，研究一間公寓的藍圖。兩人詫異地看著他。

「我收到卡夫卡的越洋電報。」

「這樣開始一天的工作，可真慘哪！」柯柏說。

「那是他的名字，美國林肯市那位警探。他已經鑑識出莫塔拉那具女屍。」

「他有可能由電報上判斷女屍的身分嗎？」哈瑪這麼問。

「看來是。」

他把電報放在桌上，三個人一起讀內容。

那正是我們這裡失蹤的女孩。

羅絲安娜・麥格羅，二十七歲，圖書館管理員。須立刻進一步交換資訊。

凶殺組　卡夫卡

「羅絲安娜・麥格羅，」哈瑪說，「圖書館員。你絕對想不到。」

「我看不見得，」柯柏說，「我以為她是莫耳比來的。林肯市在哪裡？」

「在內布拉斯加州，美國中部吧，」馬丁・貝克回答，「我猜。」

哈瑪把電報又讀了一次。

「我們最好再問清楚，」他說，「這上面寫得並不詳細。」

「對我們來說夠了，」柯柏說，「我們所需不多。」

「那麼，我們得先把剛剛的事做完。」哈瑪冷靜地說。

馬丁・貝克回到自己的辦公室，坐了一會兒，指尖揉著太陽穴。方才那種有所進展的興奮感已逐漸消散。一百件案子中，有九十九件在最初三個月都只是在調查、蒐集資料而已，所有的麻煩工作都還沒開始。

大使館和郡警局那邊可以等一等，他拿起電話先撥往莫塔拉。

「喂？」艾柏格應聲。

「她的身分已經鑑識出來了。」

「很確定嗎？」

「看來是。」

艾柏格沒說話。

「是個美國人，從內布拉斯加州一個叫林肯市的地方來的。你記下了嗎？」

「當然。」

「她的名字是羅絲安娜・麥格羅 Roseanna McGraw。我拼給你聽：Rudolf 的 R，Olof 的 O，Sigurd 的 S，Eric 的 E，Adam 的 A，Niklas 的 N，再一個 Niklas 的 N，Adam 的 A。然後是另一個字：大寫的 Martin 的 M，Cesar 的 C，Gustav 的 G，要大寫，Rudolf 的 R，Adam 的 A，William 的 W。都記好了嗎？」

「都記好了。」

「二十七歲，是個圖書館管理員。我目前知道的就這些。」

「你從哪兒查到的？」

「只是照例行程序去查。他們已經找她一陣子了，但不是透過國際刑警組織，而是大使館。」

「那船呢？」艾柏格說。

「你說什麼？」

「她搭哪艘船。一個美國遊客，除了搭船還能怎麼過來？可能不是搭大船，而是搭小遊艇之類的，通過這裡的小艇可不少。」

「我們還不知道她有沒有來這裡旅行。」

「沒錯，但我會立刻查。她要是認識城裡的人或住過這裡，我在二十四小時內就會知道。」

「好，我一有新消息就通知你。」

馬丁・貝克在艾柏格耳邊打了個噴嚏，還來不及道歉，對方就已掛斷電話。

儘管他還是頭痛又耳鳴，但已覺得比先前好得多。他現在覺得自己的狀態就像長跑選手在起跑槍響起的前一秒。但他還為兩件事所擾：兇手在槍響前已經犯規偷跑，現在超前了他三個月；再者，他不知道該往哪個方向追。

雖然表面上沒有明確的藍圖，許多未知事物也尚待思考，但他天生的警員頭腦已計劃在隨後四十八小時裡進行例行搜索；他知道此舉一定能得到某些有用線索，就像沙漏中的細沙必然會流過斗孔。

這三個月來，他心中唯獨在意一件事：何時可真正開始偵辦此案。這段時間他一直像在漆黑中，摸索著要爬出一片爛泥；如今，他感覺已踏上第一片堅實的土地，下一步應該不會太久了。

他並不奢望此案能夠快速偵破。如果艾柏格發現這個來自林肯市的女子曾在莫塔拉工作，或是拜訪過住在莫塔拉的友人，甚至親自到過莫塔拉，那會比兇手直接走進來將行凶證據放在他桌上更令他驚訝。

另一方面，他等著美國那方提供更進一步的資料，這次他不再覺得不耐。他想著卡夫卡會持續傳來的各種訊息，以及艾柏格那個頑固、毫無根據的論點──他認為羅絲安娜是搭船抵達莫塔拉市的。但說她是被人開車運到河邊棄屍，還比較符合邏輯。

稍後他又想，那位卡夫卡副隊長不知道長得什麼模樣？他任職的警局是否就像大眾在電視節目上看到的那樣？

他想知道林肯市現在是幾點，這女人住在哪一區；他很好奇她的房子是否空著沒人住，家具都用白床單罩著，而屋內空氣是否沉悶，滿是灰塵？

他忽然警覺到，自己對北美洲的地理常識相當貧乏，他完全不知道林肯市在哪裡，內布拉斯加州對他而言也只是個地名。

午餐過後，他到圖書館查看世界地圖，很快就找到了林肯市。它自然是個內陸城市，遠在美國中部，看來是個大城，只可惜他找不到任何談到北美洲城市的書。幸好他有一本袖珍年鑑，當中有兩地的時差表，他大致算出兩地相差七小時。斯德哥爾摩現在是下午兩點半，林肯市則是早上七點半，也許卡夫卡還躺在床上讀早報。

他回頭繼續研究這張世界地圖，接著指尖指著內布拉斯加州西南角、像根別針頭大小的點位，那大約是格林威治以西一百經度的位置。他喃喃自語：「羅絲安娜・麥格羅。」

他不斷重覆唸著這個名字，像是要將之釘在自己的良心上。

當他回到警局時，柯柏正在打字。

但在他們開口之前，電話就響了，是服務生轉接的。

「電話中心說有通電話從美國打來，三十分鐘前就打進來。你能接嗎？」

卡夫卡副隊長可沒有躺在床上看早報！他又一次太早妄下定論。

「美國打來的，我的老天呀。」柯柏說。

又過了四十五分鐘，電話才轉接進來。起先只有一些吵雜噪音，接著有一大堆轉接員同時在談話，然後才有人聲傳來，聲音異常清晰。

「我是卡夫卡。您是馬丁・貝克先生嗎？」

「是。」

「您收到我發的電報了嗎？」

「收到，謝謝。」

「上頭說得很清楚，對吧？」

「有沒有任何疑點顯示，死者可能不是羅絲安娜？」馬丁・貝克問。

「你的英語說得就像母語呢。」柯柏說。

「沒有。是羅絲安娜沒錯。我不到一小時就找到可信人士確認了她的身分，這都歸功於你的精確描述。我甚至再檢核過一次，把照片給她的女性友人和她住在歐瑪哈的前任男友確認，兩人都相當肯定。我同時也把她的照片和一些東西寄過去給你了。」

「她是何時啟程的？」

「五月初，她原本打算在歐洲停留兩個月，這是她第一次出國。目前所知，她沒有同行旅伴。」

「有打探到她的旅遊規劃嗎？」

「所知不多，事實上沒有人清楚。唯一線索是她曾從挪威寫明信片給她的女性友人，提到她要在瑞典停留一週，之後繼續前往哥本哈根。」

「上面沒有提到其他事情？」

「哦，她提到要搭一艘瑞典船，好像是湖邊或河邊的交通船之類的。她似乎要搭船穿越瑞典，這點寫得不太清楚。」

馬丁・貝克為之屏息。

「貝克先生，您還在線上嗎？」

「是。」

通話狀況很快變差了，雜音越來越多。

「我知道她遭人謀殺，」卡夫卡大喊，「你們逮到兇手了嗎？」

「還沒。」

「我聽不到！」

「希望很快能了結，不過現在還沒。」馬丁・貝克回答。

「你殺了他？」

「我什麼？不，不，不是把他給『了結』……」

「啊，我聽到了，你宰了那個混帳。」大西洋另一頭的人大叫，「太棒了，我會向報紙發布這消息。」

「你誤會了！」馬丁・貝克情急大吼。

卡夫卡最後的回答，像是夾雜在震耳欲聾的噪音中的一絲微細耳語。

「真棒，我完全了解。我有你的名字。再見囉，幹得好，馬丁，等我把報紙寄給你吧。」

馬丁．貝克放下話筒。接聽這通越洋電話時他一直緊張地站著，講得氣喘吁吁，滿臉是汗。

「你在幹嘛？」柯柏問，「你以為他們有傳聲筒直通內布拉斯加州嗎？」

「我們兩邊聽得都不清楚。他聽成我『了結』了那個兇手，還說要通知報紙已經結案。」

「真棒，明天你就成了那邊的英雄。他們會封你為榮譽公民，而且在耶誕節時送頒贈一把市鑰給你，鍍金的喲！『格殺勿論的馬丁，來自南斯德哥爾摩的復仇者』，你手下這些小夥子一定會替你好好慶祝一番的。」

馬丁．貝克擰著鼻子，抹去臉上的汗。

「喂，他到底說了什麼？還是一味誇獎你有多棒？」

「他是一直說『你』很棒，他說你對死者的描述非常精確、清楚。」

「他非常確定死者的身分嗎？」

「對，當然。他查問過她的朋友和前男友。」

「還有呢？」

「她是在五月中旬離開美國，打算在歐洲待兩個月，這是她頭一次出國。她從挪威寄了明信片給好友，說她會在這裡待一週，然後前往哥本哈根。他還說他已經把她的一些照片和雜物寄過來。」

「就這樣？」

馬丁・貝克走向窗邊，凝望。他咬著自己的拇指指甲。

「明信片上還寫著，她打算搭船旅遊一程，是搭瑞典的內陸交通船……」

他轉身看著柯柏。柯柏收起笑意，原本眼中的嘲弄神情也不見了。過了一會兒，他極其緩慢地說：

「所以她真是搭運河船來的。艾柏格說對了。」

「看來是。」馬丁・貝克說。

9.

走出地鐵站時，馬丁．貝克深吸了一口氣。擁擠的地鐵車廂讓此程和以往一樣令他不適。

空氣輕爽宜人，還有一陣清新的微風由波羅的海的方向吹向城裡。他過街到菸草店裡買了一包菸，而後繼續走往史凱普橋。到了橋上，他停下來點了根菸，手肘擱在扶欄上，望向河水。一艘掛著英國旗幟的巡洋艦正在遠方港口下錨，他看不到船名，但猜想它是「德佛尼雅號」。船邊有一群海鷗正為了一堆從船上丟出的垃圾打架，發出刺耳叫聲。他靜靜望著那艘船，一會兒過後，繼續朝碼頭走去。

兩個面容苦悶的男子坐在一堆木頭上。其中一人想點燃木頭菸嘴吸過的菸屁股，但沒成功，手沒那麼抖的另一人於是出手幫忙。馬丁．貝克看了手上的錶，八點五十五分。「他們想必是沒錢了，」他想，「不然這時早就在酒行店門前等開門。」

他經過正在碼頭下錨裝貨的波爾二號，走到雷森旅館正對面的街上，等了好幾分鐘，才越過川流不息的車陣走到對街。

七月三日的黛安娜號乘客名單並不在船務公司位於斯德哥爾摩的辦公室。這份名單放在哥登堡，但他們答應會盡快送來，而且已先將船員和服務員名單給了他。他離開時順手拿了幾本說明小冊子，在回辦公室的途中沿路翻看。

他抵達時，米蘭德已經坐在房內的訪客椅上等著。

「你好。」馬丁・貝克說。

「早。」米蘭德說。

「你的菸斗味道真可怕，不過請務必坐在這兒，毒死我們。歡迎、歡迎。你是來找我的？」

「抽菸斗不會那麼快得癌症。對了，據說你抽的那個牌子是中獎率最高的，至少我聽到的是這樣。還有，我是來聽閣下吩咐命令的。」

「去查查美國運通、郵局、銀行、電話公司和其他線索，你懂，對吧？」

「應該懂。你說那女人叫什麼來著？」

馬丁・貝克把「羅絲安娜・麥格羅」這幾個字寫在紙上交給他。

「這名字怎麼唸？」

馬丁・貝克在米蘭德離開後才打開窗戶。天氣很冷，強風掃過樹梢，也捲起地上落葉。過了一會兒，他才關上窗子，將夾克掛在椅背上，坐下。

他拿起電話，撥了外僑辦公室的號碼。如果她在旅館有登記，就應該有檔案；無論如何，那裡都會有些記錄才對。電話響了許久才有人來接；接電話的女孩又花了十分鐘才查完資料回來。她找到了登記卡。六月三十日到七月二日，羅絲安娜．麥格羅就住在斯德哥爾摩的吉利特旅館。

「麻煩給我一份影本。」馬丁．貝克說。

他握著話筒按下電話按鈕，等著斷線訊號。他接著再打電話叫計程車，快速穿上夾克。十分鐘後他下了車，付完車資，從玻璃門走進吉利特旅館。

櫃台前站了六個人，他們的衣服領口掛著樣式統一的名牌，同時吱吱喳喳說個不停。服務員看起來不太高興，手臂向上揮動以表達不滿。爭論看來還會持續一段時間，馬丁．貝克於是坐進旅館大廳的扶手椅。

他一直等到他們談完、那群人也消失在電梯門後，才走向櫃台。

櫃台職員面無表情地翻查登記本，找到名字後將本子轉向馬丁．貝克，方便他查看。她的字跡工整娟秀地寫著，出生地：美國科羅拉多州丹佛；住址：內布拉斯加州林肯市；之前人在何處：美國內布拉斯加州。

馬丁．貝克一併查看了六月三十日當天和前後幾天登記入住的房客。在羅絲安娜之前至少還有八名美國人登記入住，其中只有兩人不是直接由美國過來。其中一人剛遊完瑞典北角，名字寫得潦草，只能大略辨識她叫「菲莉絲」之類的；另一人登記在她正下方，剛由挪威北角過來。

「這是團體旅遊嗎？」馬丁・貝克問。

「我查查看，」櫃台職員轉頭看。「我記不得了，不過應該是。我們有時會有美國團來住，他們多半是由那維克搭『一元火車』這種觀光火車過來的。」

馬丁・貝克拿出照片給他看，但他搖搖頭。

「嗯，抱歉，這裡這麼多旅客進進出出的……」

他問遍了，沒有人認得她，不過這趟訪查還是有些收穫。現在他知道她曾住在哪裡，看過她在登記卡上的姓名筆跡，也查了她待過的房間。她是在七月二日離開旅館。

「然後呢？你接著去哪裡？」他輕聲自問。

他的太陽穴抽痛著，喉嚨也疼，他納悶自己的感冒究竟多嚴重，而後走回辦公室。

她可能是搭運河船旅遊，而且是在船離開斯德哥爾摩的前一夜登船。他在船務公司的小冊子裡讀到，旅客可在啟航的前一晚登船。他越來越肯定她搭上的是黛安娜號，儘管目前沒有證據可證明。

他也好奇米蘭德正在哪裡查案，於是拿起電話。正要撥號時，他聽到非常清楚的輕扣敲門聲響起。

米蘭德站在門口。

「沒有，」他報告說，「美國運通或其他地方都沒有人聽過她。如果你不介意，我想先去吃點東西。」

他不反對，米蘭德就離開了。

他打到莫塔拉，但艾柏格不在。

他的頭痛漸趨嚴重，但找了許久還是找不到頭痛藥，只好去找柯柏借一些。他剛踏進柯柏的辦公室，就狠狠咳了一陣，咳到直不起腰也說不出話。

柯柏抬起頭，擔憂地看著他。

「你的咳嗽聽起來比茶花女還慘上十八倍。來，過來讓醫生看一看。」

他拿放大鏡看向馬丁．貝克。

「如果你不聽醫生的話，所剩時日就不多了。你得回家縮進被窩，喝下一大杯的熱威士忌甜酒，也許三杯才夠——要加點蘭姆酒。只有喝這東西才有幫助；然後好好睡一覺，醒來包你病痛全消。」

「那是什麼亂七八糟的東西？還有，我不喜歡蘭姆酒。」馬丁．貝克說。

「那就喝干邑。別擔心卡夫卡會打來，我應付得來，我的英語可是一級棒。」

「他不會打來。你可有頭痛藥？」

「沒有，不過倒是有一些果仁巧克力。」

馬丁・貝克回到辦公室。裡面瀰漫沉重的菸味，但他不想開窗讓冷空氣流進來。

半小時後他再打去時，艾柏格還是不在。他拿出黛安娜號的船員名單。名單上有十八個人的姓名和住址，遍布全國各地；其中六人在斯德哥爾摩，兩人沒有住址。還有兩個住在莫塔拉。

四點三十分，他決定聽柯柏的忠告。桌面清理過後，他穿起外套，戴上帽子。

他在返家途中在藥房買了一盒藥。

他在櫥子裡找到僅存的一點白蘭地，倒進一杯清湯中，拿著杯子走進臥室。當他太太拿著電熱燈進房時，他早已睡沉。

隔天，他很早就醒來，但在床上賴到七點四十五分才起身著裝。他覺得好多了，頭痛感也已煙消雲散。

九點整，他打開辦公室的門。一封貼著「特快遞送」紅色貼紙的信放在桌上。他連外套都沒脫，就先直接以食指拆信。

信封裡是乘客名單。

他的視線很快就找到她的名字。

羅絲安娜·麥格羅，小姐，美國籍：A7號單人房。

10.

「我就知道我是對的，」艾柏格說，「很準吧！那時船上有多少人？」

「根據名單共有六十八個。」馬丁．貝克邊回答，邊在眼前的紙上寫下數字。

「名單上有住址嗎？」

「只有國籍。要找到名單上所有人，會是個大工程。當然，有些人可以先刪掉，比方小孩，或是老太太。不過我們還得把船員和一些雜工算進去，這至少多了十八個。還好我有他們的住址。」

「你說過，卡夫卡認為她是獨自旅行。你自己認為呢？」

「看來她應該沒有同伴，她住的是單人房。從船艙平面圖來看，她是住中層甲板最靠船尾的那間房。」

「我得承認我完全聽不懂，」艾柏格說，「雖然我每年夏天每星期都會看到這些船好幾次，但從來沒去注意它們長什麼樣子。這些船我每艘都沒上去過，這三艘對我來說都是一個樣。」

「事實上，這三艘船外觀不同。我想我們得找機會去看看黛安娜號。我來查查它現在在哪裡。」馬丁・貝克說。

他告訴艾柏格，他已經去過吉利特旅館，並將黛安娜號的領航員和總工程師在莫塔拉的住處地址給了艾柏格，同時答應一找到黛安娜號就回電。

對話一結束，馬丁・貝克就拿著旅客名單走進他老闆的辦公室。

哈瑪恭喜他案情有所進展，也要求他盡快去查看那艘船；打聽名單上的旅客這件事就交給柯柏和米蘭德去傷腦筋。

對於必須找出六十七個散布在世界各地、而且不知所蹤的人，米蘭德似乎不怎麼起勁。他坐在馬丁・貝克的辦公室裡，拿著名單複本，快速列出一個表格：

「十五個瑞典人，其中五個名叫安德森，三個名叫姚翰森，還有三個叫彼得森。這還真好找啊！二十一個美國人，當然，現在要扣掉一個；十二個德國人，四個丹麥人，四個英國人，一個蘇格蘭人，兩個法國人，兩個南非人——我們可以敲大鼓叫他們過來；五個荷蘭人和兩個土耳其人！」

他用菸斗敲了敲字紙簍，將名單塞進口袋。

「土耳其人，快來古塔運河！」他咕噥著離開了。

馬丁．貝克打電話問了運河船務公司，才得知黛安娜號在冬季都停在波哈斯港，這是古塔運河邊的一個小社區，離哥登堡約十二哩遠。屆時會有一個哥登堡分公司的員工到現場和馬丁．貝克會合，好帶他上船四處看看。

他立刻告訴艾柏格，他會搭下午的火車前往莫塔拉，並且敲定兩人隔天一早七點離開莫塔拉，以便在十點左右到達波哈斯港。

這是他頭一遭沒趕在最擠的時段回家，地鐵車廂裡幾乎空無一人。

他太太已開始理解此案對他的重要性，所以，當他說要馬上離家一陣子時，她只敢稍微抗議一下。她悶悶不樂，但安靜地幫他打包；馬丁．貝克裝作沒注意到她那擺明在眼前的彆扭。他心不在焉地在她臉頰上隨便親了一下，在火車發車前一小時離家。

「我沒替你訂旅館房間，」艾柏格到火車站接他時說，「我家有張舒服的沙發給你睡。」

他們熬夜到很晚，直到隔天清晨鬧鐘響起，才發現自己累得要命。艾柏格先撥電話給聯邦犯罪調查局，他們答應派兩個人到波哈斯港來，然後他們兩人才上車。

這個清晨又暗又冷，車子開動沒多久，開始下起微雨。

「你找到領航員和總工程師了嗎？」車離開莫塔拉後，馬丁．貝克問。

「只找到總工程師，」艾柏格說，「他還真是守口如瓶，我得從他嘴裡逐字套出話來。不過他和乘客實在沒什麼接觸，而且他在這趟特別的航程中顯然也因為馬達故障而筋疲力盡。噢，抱歉，是『引擎』。我提起那次航程的當下，他心情也不好，不過他提到有兩個男孩來當他助手；就他所知，他們在黛安娜號回航後，又轉去另一艘開往英國和德國的船上工作。」

「嗯，」馬丁・貝克回答，「我們得找到這兩人，得徹底清查船務公司的船員名單。」

雨越下越大，在他們抵達波哈斯之前已成傾盆大雨，從擋風玻璃直往下灌。大雨遮住了視線，他們甚至看不清這座城市的面貌，只知道它面積不大，沿河有幾間工廠和一棟大建築物。他們慢慢地開了一會兒，才找到開往河邊的路，沒多久就看到船隻。這些船看似是早已荒廢的鬼船，陰鬱得令人發毛，直到他們開上碼頭，才看得清船名。

他們待在車上，四處張望尋找那位船務公司的先生。雖然四下無人，但是有一輛車就停在不遠處。他們朝這輛車駛近，看到駕駛座上坐著一名男子，正朝他們的方向張望。

他們緊鄰著那輛車停下，男子搖下車窗大喊。他們在隆隆雨聲中聽到自己的名字，馬丁・貝克於是打開車窗點頭說：「我們就是！」

男子自我介紹後，便建議立刻登船，儘管雨勢正大。

他長得又矮又肥，看他忙著超前領路登上黛安娜號的模樣，活像是一顆圓球在往前滾動。經過一番奮鬥，他終於越過船邊欄杆，等著馬丁・貝克和艾柏格隨後跟上。

他打開右舷側的一扇門鎖，他們走進去後發現那是衣帽間，而船左舷側的門則通往一片供人散步透氣用的甲板。

右手邊有兩扇玻璃門通往用餐室，兩扇門之間是一大面鏡子。就在鏡子正前方，有一道樓梯通往下一層甲板。他們循著樓梯下去後，又再步下另一道樓梯，通往四間大艙房和一間大客廳，廳裡有蕾絲覆蓋的沙發，這個矮胖男子還向他們展示如何用簾子藏住這些沙發。

「要是有沒訂位、臨時登船的船客，我們通常會安排他們睡在這裡。」他說。

他們爬上樓梯到上一層甲板，這裡有船員和旅客的艙房、廁所和浴室。用餐室則在中層甲板，裡面擺著六張圓桌，每張可容納六個人；有張凳子擺在靠船尾處；另有一間閱覽室，裡面有一扇大窗子可供遠眺；還有一間服務室，內有一台送菜用升降機，可直通正下方的廚房。

當他們再上到散步甲板時，雨幾乎停了。他們走向船尾，右舷側有三道門，第一道通往服務室，其餘的則通往艙房。另一側是通往上層甲板的爬梯，繼續往上爬可通到艦橋。羅絲安娜・麥格羅的房間正好就在爬梯旁邊。

這間艙房的門正對著船尾，房間很小，不到十二呎長，而且通風不良。床上的蓋板可以向上抬起後翻轉過來，變成上鋪。房內有個洗手台，上面蓋著一塊桃花心木板，板子蓋上時可充作椅子。洗手台上方有一塊隔板，隔板上方是鏡子和盥洗置物架。房內鋪著地毯，下鋪底下還可放行李。床尾還有一些畸零空間，艙壁上掛了幾只衣架。

由於空間實在狹小，無法容納三個人，船務公司那人很識相地先出去。他在門外裝著救生衣的箱子上坐下，焦慮地看著自己方才在外頭被雨水浸濕的鞋子。

馬丁・貝克和艾柏格搜查了這間艙房。因為羅絲安娜住過後，房間已清掃過好幾次，所以他們並不期待能找到任何蛛絲馬跡。艾柏格小心翼翼地試躺在床上，直說這空間幾乎塞不下一個成年人。

他們讓房門開著，走出去，在船務公司代表旁邊坐下。

大家這樣靜靜坐著，望著這房間一段時間後，一輛大型黑色轎車開上碼頭，是聯邦犯罪調查局的人來了。他們帶著一只巨大的黑色提箱，旋即開始工作。

艾柏格用手拐了馬丁・貝克一下，頭朝爬梯方向點了點。於是，兩人爬上上層甲板。甲板上有兩條救生艇，煙囪兩旁各綁一艘。還有幾只大箱子，裡面裝著甲板椅和毛毯，這一層就只放這些東西。更上面的艦橋甲板上，有兩間客艙、一間儲藏室、一間水手室和水手室後面的船長室。

下到爬梯底部時，馬丁・貝克停下來，拿出船務公司提供的平面圖來對照。他們照著這張圖，將整艘船又巡視了一遍。他們回到中層甲板的船尾時，船務公司代表還是坐在箱子上，一臉倒楣樣地望著調查局的人蹲在艙房地毯上取樣。

當那輛大型黑色警車濺起泥水、往哥登堡方向駛離時，時間已是下午兩點。房間裡能拆的東西雖然不多，但也全被他們搬回去了。他們倆認為，鑑識結果很快就能出爐。

馬丁．貝克和艾柏格向船務公司代表道謝後，那男子以近乎誇張的熱情，緊緊握住他們的手，為終於能離開現場鬆了一口氣。

當男子的車子消失在街上第一個轉角後，艾柏格說：「我又累又餓。我們開到哥登堡，在那兒住一晚如何？」

半小時後，他們在郵政街上一家旅館前停下，訂了兩間單人房。休息一個小時後就一起外出吃晚餐。

馬丁．貝克在席間聊起自己的模型船，艾柏格則提到自己旅遊過的法若埃群島。

兩人都沒提起羅絲安娜．麥格羅。

11.

要從哥登堡到莫塔拉，得走四十號公路往東，經由玻堯斯、烏里斯罕到永科平。到了之後換到歐洲三號線開到伍迪斯霍，再改走五十號公路，經過托肯及瓦茲特納，最後才到莫塔拉。這短路全程計約一百六十五英哩，但艾柏格今早只用了三個半小時便到達。

他們早上五點半出發，當時天剛亮。雨水洗淨的街道上只見垃圾車、派報人和一兩名巡街警員。直到飛馳數十哩後，艾柏格和馬丁．貝克兩人才開口說話。通過辛多斯後，艾柏格清清喉嚨說：

「你真的認為是在那裡發生的？在人那麼多的船艙裡？」

「不然在哪兒？」

「隔牆的其他艙房裡都有人，離她不過才幾吋！」

「是隔艙。」

「你說什麼？」

「是船艙夾板，不是牆。」

「好吧。」艾柏格說。

過了六英哩，馬丁・貝克說：

「其他人靠得這麼近，他一定得先防止她尖叫。」

「但這要怎麼辦到？他一定已經……在她房裡很長一段時間。」

馬丁・貝克沒回答。兩人都想到小艙房的狹窄程度，也都無法不去想像那個畫面。他們已經歷過同樣的無助感受，那是種令人毛骨悚然的煩鬱。他們從口袋裡掏出菸來，靜靜抽著。

到了烏里斯罕時，馬丁・貝克開口：「她有可能是死後、或者至少失去意識後才受到重傷。驗屍報告上有提到這點。」

艾柏格點點頭。兩人有默契，彼此都知道這個驗屍報告的說法至少能讓他們心裡好過一些。

到了永科平，他們下車在一家小店喝點咖啡。這不是平常馬丁・貝克喜歡的口味，但至少能提神。

到了瓜納，艾柏格終於說出過去幾個小時一直縈繞兩人心中的事：

「我們不知道她是誰。」

「沒錯。」馬丁・貝克看著外面那片朦朧卻優美的景色，沒有回頭。

「我們不知道她的身分，我是說……」

他沉默了。

「我懂你的意思。」

「你也知道，對吧？她怎麼過日子、她的行為、交什麼朋友等等的。」

「對。」

這些都是問題。防波堤上那女人是有名字，住址和職業，但也就這麼多了……

「你認為派出去的那些小夥子會有什麼發現嗎？」

「總要抱點希望。」

艾柏格看了他一眼。他們其實不需要什麼驚人發現，只要那些小夥子的報告別和他們認為Ａ７艙房是命案現場的假設相牴觸就好。黛安娜號在這名美國女子搭過後，已在運河上又來回了二十四趟，也就是說，船艙至少已經人清理過二十四次。那些床單、毛巾和用品已經洗了又洗，而且完全和其他艙房的相混。再者，在羅絲安娜．麥格羅之後，那間艙房至少又有三、四十個人住過，這些人自然也都留下了各種痕跡。

「我們還沒看到目擊證人的紀錄。」艾柏格說。

「對。」

同船八十五人中，其中一人可能有罪，其他人則是可能的目擊證人，每個人都在這一大片謎樣的拼圖上占有一小塊。他們分散在四大洲，光要逐一找到人就是天大的工程，他想都不敢想，更何況還要從他們口中取得證詞，從各地蒐集口供而且讀完。

「還有羅絲安娜・麥格羅的詳細資料。」艾柏格補一句。

「對。」馬丁・貝克說。

過了一會兒，他說：

「我想只有一個辦法。」

「找那個老美？」

「對。」

「他叫什麼名字？」

「卡夫卡。」

「這名字真怪。他能勝任嗎？」

馬丁・貝克想起前幾天那通荒唐的電話，不禁露出連日來的第一次笑容。

「很難說。」他答道。

在瓦茲特納到莫塔拉的半途中，馬丁・貝克有點自言自語：

「皮箱、衣服、盥洗用具、牙刷、買下的紀念品、護照、錢和旅行支票……」

艾柏格把方向盤握得更緊了。

「我會把整條運河細查一遍，」他說，「先查伯倫運河到港口這段，接著是伯倫東半部。水閘也包含在內，但是……」

「維特恩湖？」

「是的。要是挖泥船已經把東西都倒在那裡，我們恐怕查不到什麼，伯倫可能也是。有時我連做夢都夢到那該死的機器，然後破口大罵地在午夜睡夢中醒來。我老婆還以為我瘋了，唉，可憐哪！」他邊說邊將車停在警局門前。

馬丁．貝克瞥了他一眼，心中閃過揉雜著嫉妒、驚異和尊敬的複雜情緒。

十分鐘後，艾柏格已穿著制服坐在辦公桌前和相片沖洗室通電話。拉森這時走進來，和馬丁．貝克握手招呼，狐疑地揚起眉毛。艾柏格掛上電話。

「床墊和毯子上有一些血液跡象，仔細實算共十四處。他們正在分析。」

要是沒發現這些血跡，想證明Ａ７艙房是犯罪現場就困難了。

拉森似乎沒注意到他們鬆了一口氣。他們之間無言的溝通純粹靠頻率感應，這拉森還不懂。

他再次揚起眉毛說：「就這樣而已嗎？」

「還有一些指紋，」艾柏格說，「但所剩不多，清得相當乾淨。」

「檢察官會過來，正在路上。」拉森說。

「歡迎之至。」艾柏格回答。

馬丁・貝克搭上下午五點二十分的火車離開，途經莫耳比，所以要花四個半小時。他一路上都在準備回信給美國那邊。在他抵達斯德哥爾摩時，草稿正好擬妥。雖然他對這份草稿不甚滿意，但也只能先這樣。為了節省時間，他搭計程車到尼可拉警局，借了一間筆錄室就開始打字。在檢查打好的信時，他聽到不遠處的爭吵和咒罵聲，還有一位警官說：「別緊張，孩子們，放輕鬆點。」

這是他這麼久以來首度回想起自己還是巡警的日子，還有對每個週六夜的那種深深厭煩感。

十點四十五分，他站在伐沙街的郵筒前。筒蓋闔上時發出「碰」的一聲。

他在細雨中向南走，經過大陸旅館和一些又新又高聳的百貨公司。站在往下通往地鐵站的扶梯時，他心想，不知這個陌生的卡夫卡能否讀懂他在信中的意思。

馬丁・貝克非常疲倦，一上車就睡著。反正他要到終站才會下車。

12.

馬丁．貝克在十天後收到美國方面的回信。他一早踏進辦公室，還沒關上門，就看到信擺在桌上。他在掛上外套時瞄了自己在鏡中的容貌，臉色蒼白，模樣病懨懨，黑眼圈甚重。這已經不是因為感冒，而是長期睡眠不足。他撕開棕色的大信封，拿出兩張訊問內容的謄本、一封打字信和一張記載生平資料的卡片。他好奇地數了數這些文件，但壓抑住想立刻閱讀的衝動。他拿著文件走到行政部門，請他們盡快翻譯，並做三份複本。

之後他再上一層樓，開門走進柯柏和米蘭德的辦公室。他倆正背對坐著辦公。

「你們挪過擺設的位置？」

「沒辦法呀！」柯柏說。

柯柏臉色蒼白，眼睛紅腫，慘況和馬丁．貝克不相上下。沉穩的米蘭德則一如往常，沒有任何異樣。

柯柏面前放著一張黃色薄紙，他正逐行指著閱讀這份報告：

「『李斯樂蒂・顏森女士，六十一歲，剛告訴丹麥外勒當地的警方，那是一趟很美妙的旅程。她說史莫加斯博很有趣，但是有一天從早到晚都在下雨，航程也因此延誤；湖上下大雨當晚她也暈船，那是第二天晚上。儘管如此，這還是一趟非常棒的旅程，而且每個乘客都是好人。她想不起那個照片中的好女孩是誰，有可能她們從沒同桌過。不過船長很迷人，而且她丈夫說船上美味餐飲太多了，有些人可能沒有每餐都吃。只要不下雨，天氣都很好。他們不知道瑞典這地方竟然這麼好！』幹，我也不知道！」柯柏繼續唸道：「『他們大部分時間都在和那位來自南非的迷人紳士玩橋牌，還有他的夫人赫依特女士，她來自南非的德班。船艙當然很小，而且第二天晚上——重點來了——有個很大的、有毛的節肢動物在他們的床上。他丈夫費了一番工夫，才把那玩意兒趕離艙房。』唔，節肢動物是不是指性變態？」

「是『蜘蛛』，」米蘭德叼著菸斗回答。

「我愛死丹麥人了！」柯柏繼續說。「他們沒有看到或聽到任何不尋常的事。而『最後』，負責訊問的外勒警局警員托夫特這麼寫道，『老夫妻這番興高采烈的證詞，顯然對案情調查沒有任何幫助』，去他的！他誘導問話的技巧根本零分！」

「慢慢來，慢慢來。」米蘭德低聲咕噥。

「你這句話應該送給我們的丹麥好兄弟。」柯柏說。

馬丁．貝克傾身翻閱桌上的文件，以旁人聽不到的聲音喃喃自語。經過十天辛苦的查證，他們已找出三分之二曾在黛安娜號上待過的船員和乘客，還用盡各種方法聯絡上逾四十人，當中有二十三人願意接受查訊。但這些資料也派不上用場。這些配合受訊的人多數都不記得這位女子的事，只能確認曾見過這位羅絲安娜．麥格羅小姐。

米蘭德挪開菸斗：「卡爾艾基．艾里克森，我們有找到這個船員嗎？」

柯柏開始翻閱名單。

「沒有。是個火伕，我們對他所知不多。他三週前剛離開哥登堡的海員旅館，搭上一艘芬蘭籍貨輪。」

「唔，」米蘭德說，「他是不是二十二歲？」

「對。你剛剛那聲『唔』是什麼意思？」

「他的名字讓我想到某件事，你可能也記得。但他那時是用另一個名字。」

「不管你記得什麼，一定都是對的。」柯柏投降似地說。

「他那個鬼腦袋的記憶力跟馬戲團的大象沒兩樣，」柯柏告訴馬丁．貝克，「我好像是在跟電腦共用一間辦公室。」

「我知道。」

「一台抽著全世界最噁爛菸絲的電腦。」柯柏接著說。

「再一分鐘就抽完了。」米蘭德回答。

「好，我知道，可是我累死了。」柯柏說。

「你八成沒睡飽。」米蘭德說。

「是的。」

「你應該保持充足睡眠。我每晚都睡八小時，而且沾到枕頭立刻入眠。」

「你老婆不會抗議嗎？」

「才不會，她比我更容易入睡。有時我們甚至連燈都沒關就睡著了。」

「胡扯！算了，總之這幾天我的確沒睡飽。」

「怎麼了？」

「我也不知道，就是睡不著。」

「那你在幹嘛？」

「就躺在那兒想你這個人有多爛。」

柯柏把那封信揉成一團。米蘭德把菸斗裡的灰抖出來，盯著天花板。馬丁·貝克很了解米蘭德，知道他正在將曾經見過、讀過或聽過的資訊匯存在腦海中。

午餐過後半小時，祕書處的小姐就將譯好的資料送進來。馬丁・貝克脫下夾克，鎖上門後開始細讀。

首先是那封信。信是這麼寫的：

親愛的馬丁：

我想我明白你的意思。附上的偵訊筆錄是直接聽錄音帶逐句寫成，當中未做任何修改或省略，你可由筆錄中自行判斷。若你希望，我也可以再多找幾個認識她的人來做筆錄，但我認為以下兩人最合適不過。願上帝保佑你抓到這個殺人犯。如果逮到，替我賞他幾拳。所有我能拿到的個人資料及筆錄注解，也都一併附上。

誠摯的艾默

他把信擱一邊，拿出偵訊筆錄，第一份的標題如下：

一九六四年十月十一日，在內布拉斯加州歐瑪哈市的檢察官辦公室，艾格・慕法尼的偵訊筆錄。偵訊官：卡夫卡偵查隊副隊長。偵訊證人：倫尼小隊長。

卡夫卡：你是艾格・慕法尼，三十三歲，住在本城的東街十二號，職業是工程師，受雇於歐瑪哈市的北方電力公司，職位是助理部長。以上是否正確？

慕法尼：是的，沒錯。

卡：你並未發誓所言為真，你所說的話也不列入公證可引用的範圍。我將提出的問題中，有些會與你不願為人知的私生活細節有關，所以可能令你不悅。這次偵訊的目的只為獲得辦案資訊，內容不會公開，也不會依此對你起訴。我不能強迫你回答任何問題，但希望提醒你，你回答的越完全、越真實、越明確，就對將殺害羅絲安娜・麥格羅的兇手繩之以法越有助益。

慕：我會盡力。

卡：你在十一個月前還住在林肯市，而且也在那兒工作。

慕：是的，我在公務部擔任工程師，負責維修路燈。

卡：你住哪兒？

慕：格林洛克路八十三號，和一位同事一起住，我們那時都是單身漢。

卡：你是在何時認識羅絲安娜・麥格羅？

慕：大約兩年前。

卡：也就是一九六二年秋天？

慕：對，十一月。

卡：你們怎麼認識的？

慕：在我同事強尼．馬特森家裡認識的。

卡：在派對上嗎？

慕：沒錯。

卡：馬特森和羅絲安娜走得近嗎？

慕：不怎麼熟。那是一個開放式派對，一堆人來來去去的。強尼是在她工作的圖書館認識她，但不熟。強尼邀請了各色各樣的人，天知道他怎麼會認識這些人。

卡：那你又是怎麼認識羅絲安娜？

慕：誰知道，我們就那樣在派對上認識了。

卡：你那次參加是為了要找個女性朋友嗎？

（中斷了一會兒）

卡：請回答這個問題。

慕：我正努力回想。有可能，我那時沒有女朋友，但更可能是當時我沒別的事可做，才會去參加派對。

卡：然後呢？

慕：我和羅絲安娜純粹是偶遇。我們聊了一會兒，然後跳舞。

卡：跳了幾支舞？

慕：頭兩支舞，這次舞會沒放幾首歌。

卡：你們那麼快就認識了嗎？

慕：嗯，應該是。

卡：再來呢？

慕：我提議離開。

卡：才跳了兩支舞？

慕：正確一點說，是在第二支舞跳一半時。

卡：麥格羅小姐怎麼說？

慕：她回答：「好，我們走。」

卡：她沒說別的嗎？

慕：沒有。

卡：你怎麼敢提出這樣的建議？

慕：我必須回答這種問題嗎？

卡：你若不回答，那這談話就沒有意義了。

慕：好吧。因為我注意到，她跳著跳著，就變得越來越熱情。

卡：熱情？什麼意思？越來越性感嗎？

慕：是，自然是。

卡：你怎麼知道？

慕：我無法……（停頓了一會兒），我無法明確解釋。她的行為越來越明顯。總之，我無法具體說明。

卡：那你呢，是不是也覺得很誘惑、很刺激？

慕：是。

卡：那晚你有喝什麼嗎？

慕：頂多喝了一杯馬丁尼。

卡：麥格羅小姐呢？

慕：她從不喝酒。

卡：那麼你們一起離開舞會。接著呢？

慕：我們都沒開車，所以搭了計程車到她的住處，南二街一一六號。她現在還住那裡——我是說，她生前。

卡：她就這樣讓你一起回家？

慕：我們一路上閒聊，就只是閒話家常。我不記得聊了些什麼，事實上，她似乎覺得那些話頗無聊。

卡：你們在車裡有親熱嗎？

慕：有接吻。

卡：她有拒絕嗎？

慕：完全沒有。我說了，我們有接吻。

（一陣沉默）

卡：誰付的車錢？

慕：羅絲安娜付的，我沒來得及付。

卡：然後呢？

慕：我們進了她的公寓。她整理得很好，我記得自己當時嚇了一跳。她有很多書。

卡：你們做了什麼？

慕：噢……

卡：你們有做愛嗎？

慕：有。

卡：何時？

慕：可說一進門就立刻開始。

卡：可否敘述一下有關細節，越詳細越好。

慕：你這是幹嘛？撰寫某種性學報告嗎？

卡：對不起。我得再次提醒你我在開頭時所說的，這些細節可能很重要。

（一陣沉默）

卡：是否不太記得了？

慕：天哪，不是。

（又一陣沉默）

慕：坐在這裡談論一個死人的私生活，而她又沒犯罪，這感覺很奇怪。

卡：我了解。我們之所以鉅細靡遺，是因為這些證詞可能有助破案。

慕：唉，你問吧。

卡：你們一起進門，接著呢？

慕：她脫掉鞋子。

卡：然後？

慕：我們開始接吻。

卡：再來？

慕：她走進臥室。

卡：那你……

慕：我跟著進去。你還要聽嗎？

卡：是。

慕：她脫了衣服躺下來。

卡：躺在床上嗎？

慕：不，在床裡，她用床單和毯子裹身。

卡：她是否全裸？

慕：對。

卡：她不會害羞嗎？

慕：完全沒有。

卡：她有關燈嗎？

慕：沒有。

卡：那你呢？

慕：你說呢？

卡：你們接著就做愛，是嗎？

慕：廢話！不然你以為我們會幹嘛，剝核桃吃嗎？唔，很抱歉，但我……

卡：你在她家待了多久？

慕：我不太記得，大約到一、兩點，之後我就回家了。

卡：而這就是你第一次和麥格羅小姐的邂逅？

慕：對，這是第一次。

卡：你離開時對她有什麼看法？隔天呢？

（一陣沉默）

慕：我想……起先我以為她是做特種行業的便宜貨，雖然她一開始並沒有給人這種感覺。接著我想她可能是個色情狂。我的想法接著一個比一個瘋狂。不過現在，特別在她死後，想起我對她曾有過這些錯誤印象，實在是荒唐與不敬。

（一陣沉默）

卡：好吧。老實說，要我問這些問題，可說是跟要你回答一樣難堪。要不是為了辦案，我根本不可能問出這種問題。不過重點是，後續還有很多事要問你。

慕：對不起，我剛才有點反應過度。大概是因為我還不習慣你的問話方式和這裡的環境。坐在這兒談論羅絲安娜的是非，把我從沒透露的真心話告訴初識的你們，而且門外一堆警探走來走去，錄音機還錄下我的話，你們兩位從頭到尾一直瞪著我……這實在讓我受不了！抱歉，我不是在諷刺你們，尤其現在只是在做筆錄，只是我……

卡：傑克，把百葉窗放下來，到外面等我。

（又一陣沉默）

倫尼：再會。

慕：抱歉。

卡：別這麼說。你和麥格羅小姐第一次見面後，進展如何？

慕：過了兩天，我打電話給她。她不想見我，而且直截了當地拒絕。但她說如果我願意，可以再打給她。之後我又打了一次……應該是一個禮拜後吧，她就直接來找我了。

卡：那你……

慕：是的，我們一起過夜，之後就常常這樣。有時一週一次，有時兩次，但一向是在她家。我們通常是在週六碰面，如果我們週日都有空，也常在一起。

卡：這持續了多久？

慕：八個月。

卡：後來為什麼分開了？

慕：我愛上她了。

卡：對不起，我沒聽懂。

慕：其實很簡單。老實說，我早就愛上她了，是真的，但我們從不提「愛情」這兩個字，所以我沒有告白。

卡：為什麼不？

慕：因為我想擁有她，當我告訴她我愛她時……就全完了。

卡：怎麼會這樣？

慕：你得知道，羅絲安娜是我見過最直率的人。她喜歡我勝過任何人，她喜歡和我做愛，但她不想和我一起生活，她也從沒隱瞞這點。她和我都清楚知道，當初我們為何認識。

卡：你告訴她你愛她時，她有什麼反應？

慕：她很悲傷，但接著說：「今晚我們還是睡在一起，但明天你得離開，而且一切都結束了。我們不要互相傷害。」

卡：你接受了？

慕：是的。要是你像我那麼了解她，你就知道我別無選擇。

卡：這是什麼時候的事？

慕：去年七月三號。

卡：從那天起你們就沒再聯絡過？

慕：對。

卡：你們在一起的那段日子中，她還跟別的男人來往嗎？

慕：有，也可以說沒有。

卡：這麼問好了，你是否覺得，她時不時還會與其他男人交往？

慕：不是覺得，我知道她有。去年三月，我到費城上課，為期四週，就在我去道別時，她告訴我別指望她會……對我忠誠這麼久。我回來時直接問她，她說和別人有過一次，在我離開三個禮拜後。

卡：和別人交媾？

慕：對，不過別用這麼難聽的字眼。當時我還問她跟誰，真是夠蠢的！

卡：她怎麼回答？

慕：她說這不關我的事。那的確不關我的事，尤其是從她的立場來看的話。

卡：你們在一起的八個月中，你們常親密地……睡在一起？我這麼說對不對？

慕：沒錯。

卡：但你們晚上總有沒在一起的時候吧？那時她都做什麼？

慕：她都單獨一個人，她喜歡獨處；她讀很多書，而且有時她晚上也工作。她也寫文章，但我不知道她寫哪方面的東西，她從沒對我提過。你知道，羅絲安娜非常獨立。還有，她和我也沒什麼共同興趣，只除了那件事。但我們處得很好，實情就是這樣。

卡：你們不在一起時，你怎能確定她是獨自一人？

慕：我……我有時會心生嫉妒。有時她不想見我，我會跑到她公寓外頭張望。有兩次，我甚至從她進門開始，一直守到她隔天早上離開。

卡：你曾給她錢嗎？

慕：從沒有。

卡：為什麼？

慕：她不需要我的錢，她在一開始交往時就說了。我們只要出門，她一向自己付錢。

卡：那你們不再往來之後，她在做什麼？

慕：我不知道，之後我就沒再見過她。而且我不久後就換了工作，接著就搬來這裡了。

卡：你會怎麼形容她的個性？

慕：她很獨立，我先前說過，也很誠實，各方面都非常自然。比方說，她從來不戴首飾或是化濃妝。她大多數時候看起來都是一派冷靜、輕鬆。不過有一次她說，她不願意太常見面，以免我惹她心煩；她還說，很多人都想常見面，但這對我們而言毫無必要。

卡：我現在要問你一些相當隱私的問題，可以嗎？

慕：問吧，現在我什麼都能回答了。

卡：你可知道，你們在一起過夜幾次？

慕：知道，四十八次。

卡：你確定嗎？剛好是這個次數？

慕：沒錯，我告訴你我怎麼知道。每次我們碰面、過夜之後，我都會在辦公室日曆的日期旁畫上小紅圈。我把月曆丟掉之前曾經算過總數。

卡：你認為她的性行為正常嗎？

慕：她相當喜歡性交。

卡：你有足夠的經驗做此判斷嗎？

慕：我遇到她時是三十一歲，在那之前，我已有足夠的性交經驗。

卡：你們做愛時她常達到高潮嗎？

慕：是，一向如此。

卡：你們一個晚上常做愛數次嗎？

慕：不，從來沒有，因為不需要。

卡：你們有避孕嗎？

慕：羅絲安娜服用避孕丸，她每天早上會吃一顆。

卡：你們常討論性事嗎？

慕：從來沒有，該知道的我們早就知道了。

卡：她常提到自己以前的交友經驗嗎？

慕：從沒提過。

卡：你呢？

慕：只有一次，她好像完全不感興趣，所以我沒再提過。

卡：那一次你說了些什麼？

慕：什麼都說，大半是一些前任女友的瑣事。

卡：除了你，她平常還跟什麼人來往？

慕：沒有了。她有個女生朋友，也在圖書館工作，但除了工作之外她們也很少聯絡。羅絲安娜喜歡獨處，我剛剛告訴你了。

卡：但她卻去參加那場派對？

慕：嗯，為了找人共度良宵，她那時已經……禁慾很久了。

卡：多久？

慕：超過六個星期。

卡：你怎麼知道？

慕：她說的。

卡：她很難滿足嗎？

慕：對我而言，我不覺得。

卡：她需索無度嗎？

慕：和任何一個正常女人的需求一樣。她希望一個男人能帶她進入狂喜、毫無保留的境界——如果你的「需索」是這個意思的話。

卡：她有任何特殊癖好嗎？

慕：在床上嗎？

卡：是。

慕：今天的證詞不會做為呈堂證供，對嗎？

卡：當然，這一點你不必擔心。

慕：反正也沒關係了。她只有一個可說是比較特別的習慣，她喜歡用手指抓。

卡：在什麼情況下？

慕：可以說從頭到尾都是，但特別是當她達到高潮時。

卡：怎麼抓？

慕：你說什麼？

卡：嗯，她怎麼抓？

慕：我懂了。就是雙手和手指，像爪子一樣，從臀部往上抓過背部，一直抓到脖子。我到現在身上還留有抓痕，這些抓痕深得好像永遠不會消失。

卡：她在做愛的奮戰過程中會使用各種不同技巧嗎？

慕：天啊，你用的是什麼字眼！不，完全不會，她一向採同一姿勢躺著，面朝上躺著，臀部墊著枕頭，同時兩腿張得很開，而且還高抬。她做愛的態度十分輕鬆自然、坦率直接，就像她在其他方面的表現。她想要做愛，要的是一次就完全滿足，不需要旁門左道的技巧，而且只用她覺得自然的方式。

卡：我了解了。

慕：這一點你一定要了解。（一陣短暫的沉默）

卡：還有一件事。從你方才所說，我覺得你們相處時都是由你主動與她聯繫，你打給她，而她告訴你可以過去，或是她不想見你、你改天再打。你們是否見面以及何時見面，一向是由她決定的嗎？

慕：我想是的。

卡：她曾經主動打電話給你，叫你過去嗎？

慕：有，大概四或五次。

（一陣沉默）

卡：分手時你很難過嗎？

慕：當然。

卡：你的證詞很有用，因為你非常誠實，謝謝你。

慕：這次談話請務必保密，去年耶誕節我追到一個女孩，我們今年二月已經結婚了。

卡：當然，我一開始就向你保證過。

慕：好，現在可以關錄音機了吧！

卡：當然。

馬丁．貝克放下這一大疊報告，若有所思地擦乾額前汗水，手心緊抓著揉成一團的手帕。在準備重讀之前，他先去洗手間洗了把臉，喝下一杯水。

13.

第二份報告比第一份簡短，而且似乎在描述完全不同的人。

一九六四年十月十號，內布拉斯加州林肯市警察局，瑪麗．珍．彼德森的證詞。偵訊官：卡夫卡偵查隊副隊長。偵訊證人：倫尼小隊長。

倫尼：這位是瑪麗．珍．彼德森，單身，二十八歲，住在南街六十二號，在本地林肯市的社區圖書館上班。

卡夫卡：彼德森小姐，請坐。

彼德森：謝謝。到底有什麼事？

卡：只是想請教你一些問題。

彼：有關羅絲安娜．麥格羅的嗎？

卡：正是。

彼：我知道的都已經告訴過你們了。我收到她寄來的一張明信片，就這樣。你們把我從圖書館帶來警察局，只是要聽我再說一遍？

卡：你和麥格羅小姐是朋友嗎？

彼：那當然。

卡：麥格羅小姐搬出去自己住之前，是你的室友？

彼：對，我們一起住了十四個月。她從丹佛過來，找不到地方住，所以我就讓她住進來。

卡：你們一同負擔房租嗎？

彼：理所當然。

卡：你們是何時分開住的？

彼：兩年多前。大約是一九六二年春天那時吧。

卡：不過你們仍保持聯絡？

彼：我們每天都會在圖書館見到面。

卡：你們晚上也會見面嗎？

彼：偶爾才會。我們工作時已經見得夠多了。

卡：你會怎麼描述麥格羅小姐的個性？

彼：*De mortuis nihil nisi bene.*

卡：傑克，這裡交給你，我一會兒回來。

倫：卡夫卡副隊長剛剛問你，你認為麥格羅小姐個性如何？

彼：我聽到、也回答了。那句拉丁文的意思是：「人死莫言其過」。

倫：我剛剛這麼問你：她的個性如何？

彼：你大可去問別人。我可以走了嗎？

倫：試試看啊！

彼：有沒有人說過你是個白癡？

倫：如果我是你現在這種處境，我說話會小心一點。

彼：那又怎樣？

倫：我不喜歡聽那種話。

彼：哈！

倫：她的個性如何？

彼：你最好去問別人，你這白癡！

卡：很好，傑克，謝謝你。怎麼樣，彼德森小姐？

彼：什麼怎麼樣？

卡：為什麼你和麥格羅小姐不繼續合住下去？

彼：兩個人合住太擠了，而且，我看不出這關你什麼事！

卡：你們不是好朋友嗎？

彼：是啊！

卡：我有一份一九六二年四月八日來自第三區警方的報告。清晨兩點十分，南街六十二號的幾位住戶抱怨有尖叫聲、大聲爭辯和持續的吵雜聲從四樓房間傳出。當警員弗林和理查森十分鐘後趕到時，卻無法進入屋內，只好找管理員拿備份鑰匙開門。當時你和麥格羅小姐同住在現場。麥格羅小姐當時穿著浴袍，而你腳踏高跟鞋，穿著弗林警員說的「雞尾酒禮服」。麥格羅小姐前額有一道刮傷在流血，房內凌亂。你們兩人都不願申訴，這兩位警員要你們把一切復原——至少報告上是這麼寫——他們隨後離開。

彼：你重提這些舊事有何用意？

卡：麥格羅小姐隔天就搬進一家旅館，一週後找到了自己的房子，同樣在南街，離六十二號不遠。

彼：我再問一次，你重提這些舊事要幹什麼？好像我的不愉快還不夠多似的。

卡：我只是試著說服你回答這些問題的必要，再者，實話實說也是好事。

彼：好吧，是我把她踢出去的。為何不行？那本來就是我的公寓。

卡：你為什麼踢她出去？

彼：今天談這些有什麼用？三年前兩個女孩之間的爭吵，有誰在乎嗎？

卡：現在任何有關羅絲安娜．麥格羅的事都很重要。正如你在報紙上看到的，她沒有多少事蹟可追索，所以，任何資訊對我們而言都非常重要。

彼：你是說，如果你願意，你可以把這事告訴新聞記者？

卡：這份報告本來就是一件公開的檔案。

彼：那何以記者都不知道？

卡：大概是因為倫尼警官先一步拿到吧！只要他一送回文件中心，任何人都有權去翻閱。

彼：如果他不送回去呢？

卡：那自然又不同了。

彼：那如果我作證，證詞是否仍可公開？

卡：證詞不對外公開。

彼：你保證嗎？

卡：是的。

彼：好吧，你想知道什麼？要就問快點，我可不想最後歇斯底里地離開這裡。

卡：為什麼你逼麥格羅小姐搬走？

彼：因為她讓我覺得丟臉。

卡：怎麼說？

彼：羅絲安娜是垃圾，她就像隻發情的母狗。我也當著她的面這麼說她。

卡：她怎麼回答？

彼：親愛的隊長先生，羅絲安娜才不回答這種簡單的敘述句。她完全不理會，就和平常一樣，全裸躺在床上，讀些哲學書籍；然後她會眼睛睜大大地看著我，一臉茫然不解又淫蕩的模樣。

卡：她很神經質嗎？

彼：一點也不會。

卡：是什麼造成你們友誼突然破裂？

彼：隨便你猜，但只怕你的想像力不夠。

卡：男人？

彼：一個她很想跟他睡的糊塗蟲，而我卻坐在離我家三十哩的某處等他。他誤會了我的話——他實在是很笨——以為要到我家載我。當他到我家時，我已經離開，羅絲安娜自然是在家囉！她永遠都在家。所以該發生的都發生了。幸好那個糊塗蟲在我回家之前就走了，否則我現在應該已經關在蘇市的鐵牢裡。

卡：你怎麼發現不對勁的？

彼：是羅絲安娜，她一向實話實說。我問她為什麼這麼做，她說：「哦，瑪麗．珍，我想這麼做。」她還有條有裡地說：「還有，瑪麗．珍，這正好證明這傢伙不值得你愛。」

卡：你現在還會說你和麥格羅小姐是朋友嗎？

彼：是啊，奇怪吧。如果羅絲安娜有過朋友，那就是我。她搬出去後情況就好多了，因為我們不必每天從早到晚大眼瞪小眼。她大學畢業剛來此地時，總是孤單一人，那時她的雙親幾乎同時在丹佛過世。她沒有任何兄弟姊妹，也沒有親戚，甚至沒朋友，而且還缺錢。那時她的財產繼承出了點問題，而且好幾年都無法解決。不過在她自立門戶不久後，終於拿到那筆錢。

卡：她的個性如何？

彼：我認為她受困在某種獨立情結裡，而且表達方式很奇特。比方說，她喜歡穿得很邋遢，對於讓自己看起來很糟頗引以為榮。她常常穿著寬鬆的家居褲跟尺寸過大的毛衣晃來晃去；你也很難要求她上班時穿件像樣的衣服。她還有一大堆古怪的想法。她幾乎從不穿胸罩，然而她其實比大多數的人都還需要胸罩；她很討厭穿鞋，她還說她不喜歡穿衣服，在家裡整天都光著身子跑來跑去。她從來不穿睡衣之類的。這點令我非常生氣。

卡：她很散漫嗎？

彼：只在外表上，但我相信那是裝的。她假裝不了解什麼叫化妝品、美髮師或尼龍絲襪。但她對其他事物其實很小心，尤其她特別在意她的書。

卡：她有哪些興趣？

彼：她讀了不少，也會寫點東西，但沒和我討論過，因為我不懂。夏天時，她經常一出門就好幾個小時。她說她喜歡散步，還有男人。但是她的興趣並不廣泛。

卡：麥格羅小姐是個迷人的女子嗎？

彼：絕不是。我剛說了這麼多，你早該了解。但是她是個花痴，一直都是。

卡：她曾經和任何男人穩定交往嗎？

彼：她搬出去之後和一個高速公路局的男人混在一起，大約半年吧，我看過他幾次。天知道她多常欺騙他，搞不好上百次。

卡：你們還住一起時，她是否常帶男人回家？

彼：是。

卡：你所說的「常」是什麼意思？

彼：那「你」認為呢？

卡：是否一週數次？

彼：噢，不，需要做些修正。

卡：到底多常發生？立刻回答！

彼：你別用那種口氣。

卡：我可以用任何我想用的口氣。她帶男人回家的次數到底多頻繁？

彼：一個月一次到兩次。

卡：都帶不同的男人嗎？

彼：不知道，我不是每次都會碰到他們。事實上，我不常和他們打到照面。她有時候相當自閉。她通常會在我去跳舞或出門時才帶人回來。

卡：麥格羅小姐沒和你出去過嗎？

彼：從來沒有，我甚至不知道她會不會跳舞。

卡：你可以給我她交往過的那些男人的名單嗎？

彼：有個德國學生，是我們在圖書館裡碰到的，而且人還是我介紹認識的。我記得他叫米爾登柏格，烏里・米爾登柏格，她帶他回家過三、四次。

卡：多久帶回家一次？

彼：一個月，或者五個禮拜吧。但他每天都會打給羅絲安娜，想必也在別處約會過。他在林肯市這裡住了好幾年，不過去年冬天回歐洲去了。

卡：他長相如何？

彼：挺英俊的。高大、金髮，而且肩膀寬厚。

卡：你和米爾登柏格有過親密關係嗎？

彼：這干你什麼屁事？

卡：你認為她和你同住那段時間，帶過多少不同的男人回家？

彼：噢，大概六到七個。

卡：麥格羅小姐是否特別喜歡某一型的男人？

彼：這一點她倒是相當正常。她喜歡長相稱頭的小夥子，至少看起來要像個男人。

卡：你知道她的旅行計畫內容嗎？

彼：我只知道她計劃很久了。她想坐船在歐洲四處旅行，至少一個月，盡可能到處多看看，然後可能找個地方待下來，巴黎或羅馬什麼的。你問這些要幹什麼？歐洲警方不是把兇手給殺了嗎？

卡：那是錯誤的消息，因為誤解。

彼：我現在是不是可以離開了？我真的有工作在身。

卡：當你聽到麥格羅小姐出事之後，反應如何？

彼：起先我真的嚇一跳，但仔細想想，也不驚訝。

卡：為什麼？

彼：你還這麼問？你都知道了她的私生活之後還這麼問？

卡：問話就到此為止了。再見了，彼德森小姐。

彼：你不會忘記你的承諾吧？

卡：我沒有承諾任何事。傑克，你可以關掉錄音機了。

馬丁・貝克靠回椅子上，左手伸到嘴邊，無意識地咬住食指指節。他拿起最後一份從內布拉斯加州林肯市收到的報告，心不在焉地讀著卡夫卡的查證：

羅絲安娜・碧翠絲・麥格羅，一九三七年五月十八日生於科羅拉多州丹佛市。父親經營小型農場，農場距丹佛市二十哩。教育程度：在丹佛市完成大專教育，而後在科羅拉多大學唸三年書。雙親都在一九六〇年的秋天過世。雙親遺留的財產大約兩萬美元，於一九六二年七月交由她繼承。麥格羅小姐未曾留下遺囑，目前所知也沒有繼承人。

目前為止，證人的可靠度如下：我的感覺是瑪麗・珍・彼德森或多或少扭曲了事實，而且她還隱藏了某些細節，很明顯是因為這些細節會對她不利。我剛好有機會就慕法尼的證詞做了一番查證。他所說的，麥格羅小姐從一九六二年十一月到一九六三年七月之間，只和另一個男人交往過，這點似乎是正確的。我是從麥格羅小姐住處某本日記中得知。上面日期是三月二十二日，而該男子的簡寫是烏・米（烏里・米爾登柏格？）。她以某種方式記錄了自己的交往狀況，是一種暗碼，其中包含時間及人名的簡寫。我還找不到慕法尼的說詞中有任何不實或刻意撒謊之處。

有關證人的描述如下：慕法尼大約六呎二吋高，相當強壯，藍眼，髮色暗金。看起來直率，但有點害羞。瑪麗・珍・彼德森，很有吸引力的女孩，穿著相當入時，非常瘦，發育得很好，兩人都沒有違警記錄，除了一九六二年彼德森和麥格羅在家裡那場可笑的爭吵之外。

馬丁・貝克穿起夾克，鎖上門。接著他走回桌旁，攤開卡夫卡送來的文件。他坐下來，手肘撐在桌上，雙手捧著前額，動也不動。

14.

米蘭德一開門走進辦公室，馬丁．貝克才從證詞記錄中抬起頭來。這情況並不常有。

「卡爾艾基．艾里克森—史多特，」米蘭德說，「你記得他嗎？」

馬丁．貝克想了好一會兒。

「你是指黛安娜號那個船上火伕？他是叫這名字嗎？」

「他現在用艾里克森這個名字。兩年半前，他叫做艾里克森—史多特。那時他因為誘姦一名十三歲不到的少女，被判一年徒刑。你不記得了？一個倔強、長髮、秀氣的小夥子。」

「噢，我想我記得。你確定是同一個人？」

「我去海員協會查過，是同一人。」

「我記不太清楚這來龍去脈。他是不是住在河岸村區？」

「不是，他和他母親住在哈加蘭。誘姦是發生在他母親出門工作時，當時他沒去工作。他把公寓管理員的女兒帶回家，那女孩還不滿十三歲，而且事後證明她有點智能不足。他騙她喝了些酒，我猜可能是烈酒摻點果汁，等她喝到爛醉時，他睡了她。」

「是女孩的父母報案的？」

「是，而且人是我逮到的。偵訊時他死不承認誘姦，還說他以為她已滿十三歲，而且她很想要。事實上，她看起來還不滿十一歲，而且出庭時也還未滿十三歲。檢查的醫生說她可能受到過度驚嚇，但我不確定。無論如何，艾里克森被判服一年的重勞役。」

馬丁・貝克聽到這個人曾在黛安娜號上，而且當時羅絲安娜也在，不禁有點寒意。

「現在他人在哪兒？」他問。

「在一艘芬蘭籍貨輪上，叫做『卡拉優吉號』。我去查出這艘船在哪兒。」

說話之際，米蘭德已經走出去，關上門。馬丁・貝克拿起話筒打給艾柏格。

「我們要趕快捉到他，」艾柏格說，「你一找到這家船公司，就趕快打給我。我要把他逮過來，就算要我游泳去追，也要逮到人。另一個火伕也搭上別的船出海了，但我會盡快找到人。此外，我會再跟總工程師聯絡，他已不做航運的工程，現在改替電氣公司做事。」

掛上電話後，馬丁・貝克什麼也不想地坐了幾分鐘，不知道現在該做什麼。突然，他緊張地跳起來，走出辦公室，然後走上樓。

他走進房間時，米蘭德才剛說完一通電話，而柯柏不在那裡。

「那艘船，卡拉優吉號，剛離開荷姆桑，今晚下錨在索德罕。船公司已證實他在船上。」

馬丁．貝克趕回辦公室打給艾柏格。

「我會帶一位弟兄開車過去逮他，」艾柏格說，「逮到人之後會通知你。」

他們突然沉默了一會兒，然後艾柏格說：

「你認為是他？」

「我不知道，當然有此可能。我只見過他一面，兩年多前，而且剛巧就在他被判刑前，這有可能造成我的偏見。」

隨後，馬丁．貝克整個下午都待在辦公室。他實在沒什麼心情工作，但還是勉強應付完一堆例行雜務。他不斷想著那艘正開往索德罕的貨輪，以及羅絲安娜．麥格羅。

回到家後，他試著組完那艘模型船，但一陣子後，他還是雙肘撐桌，兩手交握著發呆。他忖度著，艾柏格不太可能在明早之前和他聯絡，於是他還是上床入睡。這一覺睡得很熟，直到早上五點醒來。

在晨報被人「啪」一聲丟到大門地上之前，馬丁．貝克已經刮好臉、換好衣服；在艾柏格打來之前，他已經讀完體育版新聞。

「逮到他了。他可真是死鴨子嘴硬，什麼都不說。我不太喜歡他。對了，我和檢察官談過，他認為我們需要專業的人來誘導證詞，而且認為你相當適任。我想，這回又得拜託你過來了。」

馬丁・貝克看了看錶，現在他對鐵路時刻表已能默記於心。

「好，我可以趕上七點三十分的火車，待會兒見。」

馬丁・貝克叫計程車先到克里斯丁堡，他上辦公室拿了那份文件夾，裡面有越洋而來的兩份供詞。七點二十五分，馬丁・貝克已經坐在火車上了。

卡爾艾基・艾里克森—史多特出生於卡塔力那郡，二十二歲。六歲時父親去世，之後他母親就帶著他搬到哈加蘭。他母親是裁縫，獨立撫養這個獨子直到他完成學業。唯一對他仍有印象的老師說他智商中等，吵鬧而且不聽話。他畢業後做過幾種不同工作，多半是信差或建築工人之類的。他十八歲開始出海，剛開始是一般船員，後來改作火伕。海員協會的記錄並未特別提及他的種種。做海員一年後，他搬回去和母親住，又無所事事混了一年，然後州政府發現這起強暴案。他在一年半前才剛出獄。

馬丁・貝克昨天就研讀過這份資料，但現在還是再細讀一遍。檔案夾中還有一份心理醫官的檢查證明，內容簡短，主要提到艾里克森的性衝動、昏睡特徵和個性冷淡疏離。此外，還提到卡爾艾基・艾里克森—史多特有精神錯亂傾向，加上強烈的性慾，兩種特質結合致使他有異常的行為表現。

馬丁・貝克從火車站直驅警察局，在十點五十分敲了艾柏格的門，拉森總長也在他的辦公室內。他倆看起來疲倦，憂心忡忡，見到馬丁・貝克出現時，不約而同有一種鬆了口氣的表情。除了一堆髒話之外，他們倆都沒從艾里克森口中問出什麼。

艾柏格快速看過馬丁・貝克帶來的檔案。闔起時，馬丁・貝克問：「你有逮到另一名火伕嗎？」

「總算有。他在一艘德國籍船上工作，目前正停泊在荷蘭的角港。我今早打到阿姆斯特丹，和那邊的警務局長通過電話，他懂一點德文——你該聽聽我的德文的。如果我沒聽錯，他說在海牙有個懂丹麥文的人能主持正式審問；如果他沒誤會我的意思，我們明天應該可以聽到消息。」

艾柏格端出咖啡，馬丁・貝克喝了兩杯後說，「好，我們現在開始吧。在哪兒好？」

「隔壁房間好了，那兒有錄音機和你需要的工具。」

艾里克森一如馬丁・貝克記得的樣子，大約五呎十一吋高，瘦長而單薄。長臉上有一道平直的濃眉、彎捲的睫毛和一雙間距相當近的藍眼。直鼻、小嘴、薄唇，臉頰削瘦。長長的落腮鬍和鼻下那一小撮暗色鬍鬚，馬丁・貝克不記得他有這特徵。他的儀態不佳，有點駝背；穿著一件舊牛仔褲、藍色工作服、黑色的皮背心和一雙尖頭黑鞋。

「坐。」馬丁・貝克邊說邊朝桌子另一頭的椅子點一下頭。「抽菸嗎？」

艾里克森接過菸，點著後就坐下。他將菸斜叼在嘴角，略帶心虛地坐著，抬起右腳擱在左膝上。他將雙手拇指插進皮帶縫間，左腳輕輕打著拍子，目光落在馬丁・貝克頭上那片牆上。

馬丁・貝克看了他好一會兒，打開藏在桌子底下暗格中的錄音機，開始出聲讀出檔案夾中的文件。

「艾里克森，卡爾艾基；生於一九四一年十一月二十三日。現職為船員，目前受雇於芬蘭籍貨輪卡拉優吉號。家住索納省哈加蘭市。以上是否正確？」

艾里克森稍微把頭動了動。

「我在問你問題。上述是否正確？剛才我說的是否正確？回答『是』或『不是』。」

艾：是啊，去死啦！

貝：你什麼時候到卡拉優吉號的？

艾：三、四個禮拜前。

貝：那之前你在做什麼？

艾：沒什麼特別的。

貝：你在哪兒做沒什麼特別的？

艾：什麼？

貝：你上那艘芬蘭籍貨輪之前住哪兒？

艾：和一個朋友住在哥登堡。

貝：在哥登堡住多久？

艾：幾天吧，大約一個禮拜。

貝：在那之前呢？

艾：在我老媽那兒。

貝：你那時有工作嗎？

艾：不，我那時生病了。

貝：什麼病？

艾：就是病了。覺得不舒服，也有發燒。

貝：在你生這場病之前，你在哪兒工作？

艾：在一艘船上。

貝：那艘船叫什麼名字？

艾：黛安娜號。

貝：你在黛安娜號的工作是？

艾：火伕。

貝：你在黛安娜號上待了多久？

艾：整個夏天。

貝：從？

艾：從七月一日直到九月中旬，之後他們就不需要人手了，因為他們把船收起來。他們只在夏天開船，載著一票粗野的觀光客來來回回。這種蠢差事！我一直想跳離那艘爛船，但我朋友想留在船上，反正我也缺錢用。

說完一串演講式的連珠炮自白，艾里克森顯得很疲憊，整個人更沉入椅中。

貝：你朋友的名字是什麼？他在黛安娜號上做什麼工作？

艾：火伕。引擎室裡有三個人，我、我朋友，還有一位工程師。

貝：你認識其他船員嗎？

艾里克森彎腰朝前，把菸屁股丟進菸灰缸中。

艾：你們這是什麼狗屁審問啊？（他說，然後一屁股坐回椅子中。）我沒做什麼壞事，我離鄉背井，找了一份工作，卻來了一群狗屁警察，還……

貝：你必須回答我的問題。你認不認識其他船員？

艾：剛開始沒有，我只認識我朋友，但稍後總會認識些別的人。我認識一個在甲板工作的傢伙，他還滿有趣的。

貝：你在這幾次航程中，有沒有碰到任何女孩子？

艾：是有個馬子滿正點的，但是她和廚子相好。其他都是一些老女人。

貝：那麼，那些乘客呢？

艾：我們不常看到乘客，我沒看過任何女乘客。

貝：你們引擎室裡的三個人是輪班嗎？

艾：是啊。

貝：你記得那個夏季是否發生過任何不尋常的事？

艾：沒有，什麼意思，「不尋常」？

貝：比方說，有哪一趟航程和其他趟不太一樣？或是引擎有沒有在什麼時候當機？

艾：噢，的確有。有支蒸汽管斷了，我們不得不開到索德策平去修理，花了真他媽一段時間。不過那可不是我的錯。

貝：你可記得這是何時的事？

艾：就在我們剛通過史迪格堡時。

貝：噢，那是哪一天？

艾：誰會記得，你這是什麼狗屁問題？引擎當機又不是我的錯，再怎麼說，當時不是我操作的，那不是我的班。

貝：但離開索德策平後呢？是不是輪到你值班？

艾：對，離開之前也是。我們三個人像牛一樣拚命，好讓那艘爛船能重新動起來。我們三個工作了一整晚，然後工程師和我隔天繼續上工。

貝：隔天你幾點下班？

艾：到索德策平之後的隔天嗎？到下午很晚才交班，我記得是這樣。

貝：你交班之後做什麼？

艾里克森一臉茫然地望著馬丁・貝克，沒有回答。

貝：你當天工作完後做些什麼事？

艾：沒什麼。

貝：你總有做些什麼吧？到底是什麼？

（同樣的空洞表情）

貝：你交班後，船開到了哪裡？

艾：我不知道，我猜是羅克森湖。

貝：那天你交班後，到底做了些什麼？

艾：沒做什麼啊，我說啦！

貝：你一定有做了什麼。你有沒有碰到誰？

艾里克森狀甚無聊地拍打著自己的頸子。

貝：仔細想一想，你到底做了哪些事？

艾：全是堆狗屎！你以為在那艘爛船上能做什麼？踢足球嗎？那艘船當時正在湖中間！仔細聽好，當時唯一能做的就是吃和睡。

貝：你那天都沒碰到任何人？

艾：有啊，我碰到大明星碧姬．巴杜。我哪知道碰到誰呀？都幾百年前的事了。

貝：好，這麼說吧：今年夏天，你在黛安娜號上工作時，你可曾碰到任何人或任何乘客？

艾：我沒有碰到任何乘客，我們根本碰不到任何乘客。就算有，我也不感興趣。一群討人嫌的死觀光客，去他媽的！

貝：你那個朋友，也在黛安娜號上工作的，他叫什麼名字？

艾：幹嘛啊？你問這些要幹嘛？我們沒做什麼壞事啊！

貝：他叫什麼名字？

艾：羅菲。

貝：我要姓和名。

艾：羅菲・修柏格。

貝：他現在在哪兒？

艾：他在一艘德國船上。我也不清楚他到底在哪兒，可能在吉隆坡吧，天曉得。

馬丁・貝克放棄了。他關掉錄音機站起來。艾里克森也伸手伸腿地從椅子上緩緩站起來。

「坐下！」馬丁・貝克對他吼著，「我叫你起來你才能起來！」

他叫艾柏格進來。五秒鐘後艾柏格就出現在門口。

「站起來！」馬丁．貝克說完，走在他前面出去。

當艾柏格回到自己的辦公室時，馬丁．貝克正坐在他的桌子旁。他望著艾柏格聳聳肩：

「我們出去吃點東西吧，」他說，「我晚點再試試。」

15.

隔天早上九點三十分，馬丁．貝克第三度找艾里克森過來詳談。這次審問持續兩個小時，一樣沒什麼結果。

一位年輕的警官帶走無精打采的艾里克森後，馬丁．貝克將錄音帶迴轉，接著去找艾柏格。他們一起聽錄音時多半一語不發，馬丁．貝克偶爾會做一些短評打破沉默。

幾個小時後，他們坐在艾柏格的辦公室裡。

「你認為如何？」

「不是他幹的，」馬丁．貝克說，「我幾乎可以確定。首先，他沒有聰明到能一直掩飾真相，他只是不解到底出了什麼事，而不是在裝蒜。」

「也許你說得對。」艾柏格說。

「第二點——這只是直覺，但我總覺得不會錯——我們都多少了解羅絲安娜．麥格羅，對吧？」

艾柏格點點頭。

「所以我很難相信她會願意和卡爾艾基・艾里克森上床。」

「的確不太可能。她很願意做愛，但可不是人盡可夫。不過，誰說她是自願的？」

「沒錯，情況很可能是這樣：她遇到某個感覺可以和他上床的人，但沒多久，她發現自己錯了，但已經來不及。不過，那人絕不會是卡爾艾基・艾里克森。」

「也可能是另一種情況啊！」艾柏格狐疑地說。

「怎麼說？某個人闖進去她的小艙房，硬壓在她身上？她一定會抵抗，而且瘋狂尖叫，那麼甲板上的人應該會聽到。」

「他有可能持刀或槍威脅她。」

馬丁・貝克緩緩搖著頭，接著，他快速起身，走到窗邊。艾柏格的目光追隨在後。

「我們現在要拿他怎麼辦？」艾柏格問，「我不能留他太久。」

「我和他再談一次。我想他大概不知道自己為何會在這裡，我得讓他知道。」

艾柏格起身，穿上外套，然後走出去。

馬丁・貝克又坐了好一會兒，靜靜思考。之後，他差人帶艾里克森過來，自己拿著手提箱走進了隔壁的訊問室。

「這到底是怎麼回事?」艾里克森問,「我什麼也沒做。既然我什麼都沒做,你就無權關著我不放。他媽的……」

「安靜,我叫你說話你才能開口!在這兒,你只能回答我的問題。」馬丁·貝克說。

他拿出羅絲安娜·麥格羅修飾過的遺照,舉高放在艾里克森面前。

「你認識這女人嗎?」他問。

「不認識,」艾里克森回答,「她是誰?」

「仔細看看這張照片再回答。你見過照片中這女子嗎?」

「沒見過。」

「你確定?」

艾里克森一隻手肘撐在椅背上,食指揉擦著鼻子。

「我確定。我從沒見過這女人。」

「羅絲安娜·麥格羅。這名字你有聽過嗎?」

「這是什麼狗屁名字,你在開玩笑嗎?」

「你曾經聽過羅絲安娜·麥格羅這個名字嗎?」

「沒有。」

「那麼我告訴你。照片中這女子就是羅絲安娜・麥格羅。她是美國人，黛安娜號七月三日於斯德哥爾摩啟程首航時，她是船上乘客。黛安娜號在那次航程誤點了十二個小時，起先是因為奧賽盧森南邊的大霧，接著引擎又當機，你說過那時你在船上。當船比時刻表晚了十個小時抵達哥登堡時，羅絲安娜・麥格羅已不在船上。她在七月四日晚間遭人殺害，三天後在伯倫運河的水閘發現遺體。」

這時，艾里克森坐得僵直，雙手抓著扶手，牙齒猛咬著左嘴角。

「難怪你們……難道你以為……」

他雙手掌心緊貼，使勁地夾在兩膝間，身體前傾，直到臉頰幾乎平貼桌面。馬丁・貝克可以看到他鼻尖的皮膚逐漸泛白。

「我沒有殺人！我從沒見過那個女人！我發誓！」

馬丁・貝克一言不發，他只是直勾勾地望著艾里克森的臉，他看到恐懼溢放在艾里克森那睜大的眼睛中。

馬丁・貝克再度開口時的聲音乾澀，毫無感情。

「你七月四日晚上到底在哪裡？在做什麼？」

「在我房裡。我發誓！我在房間裡睡覺。我什麼也沒做！我沒看過那女人！那不是真的！」

他的聲音逐漸變成假聲，重重地坐回椅子。他伸手到嘴邊，一邊咬著右手拇指，一邊盯著面前那張照片；接著，他眯起眼睛，聲音也變得尖銳，而且歇斯底里。

「你在設計我！你以為能嚇到我，對吧？所有那個女孩的事全是編的！你先和羅菲談過了，那個壞蛋說是我幹的！這個密告者！是他做的，才不是我，我什麼也沒做，這是事實，我什麼也沒做。羅菲說是我做的，對吧？一定是他說的。」

馬丁・貝克的雙眼一直盯著艾里克森的臉。

「這個王八蛋！是他弄壞鎖，錢也是他偷的。」他身體前傾，聲音也變得激昂，一堆話從口中傾洩而出。

「是他逼我一起幹的，他在那間該死的大樓裡工作。全是他的主意，我才不想這麼做，我告訴他我不要的，我不想和這件事有任何瓜葛，但是他逼我，這個賤東西！他還去密告，真是混帳……」

「沒錯，」馬丁・貝克說，「是羅菲告發你的，所以你最好實話實說。」

一小時後，他把錄音迴帶放給拉森和艾柏格聽。錄音當中有哥登堡一家汽車修理場竊盜案的完整自白，是卡爾艾基・艾里克森和羅菲・修柏格在一個月前幹的。

當拉森離座去打電話給哥登堡警方時，艾柏格說：「至少我們現在知道當時他人在哪裡。」

他頓了一會兒，手咚咚地敲著桌面。

「現在還剩下約五十個嫌疑犯，」艾柏格說，「如果我們以殺人犯是船上乘客為前提的話。」

馬丁．貝克不發一語地看著艾柏格。艾柏格低著頭，像是在檢查指甲。他現在就和馬丁．貝克那時明白再怎麼審問艾里克森也得不到線索時一樣沮喪。

「你失望嗎？」他問。

「是啊，我承認。有一陣子我真以為我們方向對了，但現在似乎還有很長的路要走。」

「至少我們已經有所進展，這還得感謝卡夫卡。」

電話響了，艾柏格接起來。他坐著聽了好一會兒，聽筒抵著耳朵。突然，他叫出聲：

「Ja, ja, ich bin hier. Ahlberg hier.（是，是，是我，我是艾柏格）。」然後他告訴正輕手輕腳離開房間的馬丁．貝克，「阿姆斯特丹！」

馬丁．貝克邊洗手邊想到德文的各種發音：an、auf、hinter、in、neben、über、unter、vor、zwischen，也回想起多年前教室中那股悶熱的氣味、那張鋪著厚呢桌布的圓桌，和那位用肥手夾著薄薄德文文法課本的年邁女老師。當他走回辦公室時，艾柏格剛放下電話。

「什麼語言嘛，」艾柏格說，「羅菲．修柏格不在船上。他是在哥登堡受雇的，但他卻沒回船上，這可是哥登堡警方的事了！」

馬丁．貝克在火車上睡著，一路睡到斯德哥爾摩。其實，他是在回到家裡、躺在床上後才清醒過來。

16.

米蘭德準時在五點十分來敲門。他等了五秒，才在門縫裡露出他那張瘦長的臉說：

「我要走了。都還好嗎？」

其實沒有規定要這麼做，但他每天行禮如儀。不過，他早上上班時，倒不會來這一套。

「當然，」馬丁·貝克說，「再見。」

他頓一下後又補上一句：「今天辛苦了。」

馬丁·貝克留在辦公室裡，傾聽這繁忙的一天逐漸沉寂下來。先是電話鈴聲不再響起，接著打字機停了，然後是嘈雜談話聲消音，最後連走廊上的腳步聲也不復可聞。

他在五點三十分打電話回家。

「要等你回來吃晚飯嗎？」

「不了，你們先吃。」

「你會很晚嗎？」

「不知道，有可能。」

「你已經好幾年沒看看你孩子了。」

毫無疑問，他九個小時前才剛見過孩子們，她明知道這一點。

「馬丁？」

「嗯。」

「你怎麼了？有什麼不對勁嗎？」

「不，沒什麼，有很多事情要做。」

「就這樣嗎？」

「是啊，當然。」

她馬上又回到老樣子，關懷的時刻轉眼消逝，她那些老掉牙的話再度出籠，而且沒有馬丁・貝克插嘴的份。他保持耐性聽著，直到她「喀」地一聲掛掉電話。他頓時覺得如釋重負，彷彿她已離他數千哩之遙。他們之間最後一次真正的對談，早已是多年前的事。

他皺起眉頭，嘆了口氣，望著桌上的文件。這每一份都與羅絲安娜和她最後幾天的行蹤紀錄有關，他很確定，但裡面仍沒透露多少訊息。

這些東西再讀一遍似乎毫無意義，但他還是得這麼做，而且越快越好。

他伸手拿菸，但菸盒已空，他只好將空盒丟進字紙簍，再從外套口袋裡再拿一包。過去這幾週，他的吸菸量比往常暴增兩倍，他也察覺到這點，是他的皮夾和喉嚨告訴他的。這回戰備糧似乎也用完了，因為他從口袋裡只找到一件當下沒辨識出來的東西。

原來是張明信片，在莫塔拉的雜貨店裡買的。那是一張從伯倫運河上空俯望運河閘門的照片。照片背景是湖及防波堤，前景有兩個人正打開水閘，讓一艘客輪通過。這顯然是一張老照片，因為那艘叫「阿司翠雅號」的客輪已經不存在了，多年前早已被解體。

但這照片顯然是在夏天時拍的，這讓馬丁．貝克忽然想起野外的新鮮花草香。

他打開抽屜拿出放大鏡。這東西像個大瓢子，手把上還裝了個電池，當他按下按鈕時，就會有個小燈泡亮起。這張照片很清晰，所以馬丁．貝克能看到船長站在船橋上，以及幾個乘客倚靠著欄杆。前甲板上堆放著貨物，這又證明照片是許久之前拍下的。

當柯柏用拳頭猛敲門板，而且隨即走進來後，馬丁．貝克才把目光稍稍移向右邊。

「哈囉，嚇到你了嗎？」

「是啊，嚇死了。」馬丁．貝克回答時仍覺得心跳漏了一拍。

「你還沒回家過嗎？」

「有啊，我正在三樓坐著啃雞腿呢！」

「對了，我們什麼時候發薪水？」

「明天吧，希望。」

柯柏整個人垮在椅子上。

他們靜靜地坐了一會兒，柯柏開口了：「又是無功而返？那傢伙嘴很硬，你也拿他沒辦法？」

「不是他幹的。」

「你百分之百確定？」

「沒有。」

「是你的『直覺』嗎？」

「沒錯！」

「對我而言那就夠了。仔細想想就知道，畢竟，誘拐一個十二歲的小女孩和殺死一個成熟女子可是兩碼子事。」

「的確。」

「而且她絕不會找個小痞子上床，至少卡夫卡寄來的證詞強調這一點。」

「是不會，」馬丁・貝克頷首同意，「她沒那麼飢不擇食。」

「莫塔拉那傢伙怎麼說？很失望吧？」

「艾柏格嗎？多少有一點。但他很固執，還是認定是那小子幹的。對了，米蘭德怎麼說？」

「沒說什麼。這小子我打受訓時就認識了，唯一能讓他沮喪的，就是香菸配給的問題。」

柯柏拿出一本黑色封皮筆記本，逐頁仔細翻閱。

「你不在時，我把每件相關事項又查了一遍，做了一份摘要。」

「所以？」

「比方說，我問了自己一個哈瑪明天會問我們的問題：我們對這案子了解多少了？」

「你怎麼回答呢？」

「等一等，還是你來回答好了：我們有多了解羅絲安娜．麥格羅？」

「一點點，這還得謝謝卡夫卡。」

「沒錯，我甚至可以大膽地說，我們已知道和她有關的每件大事。再來，我們對這起謀殺案實際了解多少？」

「我們知道犯罪現場，也概略知道了謀殺如何發生，以及何時發生。」

「我們確知在哪兒發生的嗎？」

馬丁．貝克用手指敲著桌面，敲了好一會兒之後說：

「知道，在黛安娜號上的A７艙房。」

「根據現場遺留的血跡血型判斷，很有可能，但沒有人證。」

「是沒有，但是我們可以確定。」馬丁・貝克很快地回答。

「好吧，我們要假裝有人證。案子是什麼時候發生的？」

「在七月四日晚上，天黑之後。一定是在八點結束的晚餐之後，想必是在九點到午夜之間。」

「怎麼說呢？是的，因為我們有驗屍報告。我們還能假設，是她自願寬衣解帶的，當然也有可能是因為生命受到威脅，不過不像。」

「是不像。」

「所以最後這個重要的問題是：我們對這個罪犯了解多少？」

柯柏在二十秒後自己回答了這個問題：「嫌疑犯是個虐待狂兼性變態。」

「嫌犯是個男人。」馬丁・貝克加了一句。

「是，應該是，而且很強壯。羅絲安娜・麥格羅顯然不是摔下船淹死的。」

「我們知道他是黛安娜號上的一員。」

「嗯，如果我們先前的推論都正確。」

「他如果不是乘客，就是船員。」

「我們真能確定嗎？」

室內一片靜寂，只見馬丁・貝克用指尖輕輕按摩著髮際。最後他說：「應該是。」

「一定是嗎？」

「確定。」

「好吧，那就算是。但我們既不知道嫌犯的長相，也不知道他的國籍；我們沒有指紋或任何與此案有關的線索；我們也不知道他是否早就認識羅絲安娜・麥格羅，更別提他從哪兒上船，在哪兒上岸，或是現在該到哪兒去找人。」

柯柏現在一臉嚴肅。

「我們他媽的知道這麼少，馬丁，」他說，「我們真的那麼確定羅絲安娜・麥格羅小姐沒有在哥登堡安全上岸？那麼確定她不是上岸後才遭人殺害的？搞不好真有人知道她這一路的行程，在殺了她後才運回莫塔拉棄屍？」

「我考慮過這些情況，但都不合理，事情應該不是你說的那樣。」

「我們等了這麼多天，都還沒收到黛安娜號的船員名單，所以我說的情況理論上還是有可能，即使這想像力稍微豐富了點。就算我們真的費盡力氣證明她從沒到達哥登堡，這裡也還有一個可能：當船在伯倫運河的閘門停下時，她就上岸去找個在附近閒蕩的小夥子，進草叢裡做愛去了。」

「要是這樣，我們應該會有些風聲。」

「沒錯，但『應該有』不代表什麼。這案子裡的確有些怪事。一個女人怎麼可能在旅途一半就莫名其妙消失？而且沒有任何人——包括房間和餐廳的服務生——發現此事？」

「兇手必然曾待在船上，他把房間弄得好像有人在使用，那其實只需要偽裝一晚。」

「那些床單和毛毯呢？應該有血跡留在上面。他不可能大搖大擺走進洗衣間滅跡吧？如果他把證據都丟進水裡，又要從哪兒找來一套新的替換？」

「血應該不多，至少驗屍報告沒說血很多。兇手如果對這艘船非常熟悉，也能輕易地在日常用品櫃中找到替換的床單。」

「旅客有可能這麼熟悉這艘船嗎？而且難道沒有哪個人注意到？」

「這並不難。你可曾在郵輪上過夜？」

「沒有。」

「大家都入睡後，船上各處通常寂靜又空無一人，而且幾乎所有衣櫥、碗櫥都沒上鎖。船在通過維特恩湖時，在值夜班、可以確定是清醒的人只有三個，有兩個在船橋上，一個在引擎室裡。」

「難道沒有人注意到她沒在哥登堡上岸嗎？」

「船到哥登堡時，並沒有固定的上岸手續。船在伯門港繫纜後，乘客一定都抓起行李，衝過跳板上岸。這趟旅程很特別，因為船期耽誤了，大家都趕著上岸；而且到達時天色已暗，這也和平時不同。」

馬丁．貝克突然住口不說，瞪著牆壁好一會兒。

「最氣人的是，隔壁艙房的旅客居然沒聽到半點聲響。」他說。

「這我可以解釋。兩個小時前我才查到，住在A3艙房的是一對七十多歲的荷蘭夫婦，他們幾乎全聾了。」

柯柏翻了翻這些記錄，又抓抓頭。

「我們剛剛所推論的時間、地點和手法，是基於最大可能性原理、邏輯化的假設和心理學理論的應用，證據可說非常薄弱。不過我們還是得遵循這些假設和原理，因為這是我們目前僅有的依據，但我們也該將統計方法納入，不是嗎？」

「說下去。」馬丁．貝克說。

「船上的八十六個人的姓名我們都知道。這是由六十八名乘客和十八名船員組成。除了十一個人，其他人我們目前都已經接觸過，或至少知道他們現居何處。我們知道這些人的國籍、性別及八十三個人的年齡。現在，我們用消去法看看。首先我們消去羅絲安娜・麥格羅，剩下八十五人。接著消去所有女性，有八位女船員和三十七位女乘客，剩下四十人。這當中有四個不足十歲的小孩和七位年逾七十的老人，扣掉後剩下二十九人。接著扣掉船長和舵手，他們在晚上八點到十二點之間輪班，彼此可做對方的不在場證明，他倆不太可能有時間去殺人。引擎室裡的人就比較難說。現在總數剩下二十七名男性，這些人年紀由十四歲到六十八歲都有，我們也掌握了他們的姓名。有十二個瑞典人，其中七個是船員；另有五個美國人，三個德國人，而丹麥人、南非人、英國人、法國人、蘇格蘭人、土耳其人和荷蘭人各有一個。老天，這樣的地理分布還真遼闊。美國人當中有一個住德州，另一個來自奧勒岡州。那個英國人住在巴哈馬的拿索，南非人在德爾班，土耳其人則在安卡拉。若是要一個個審問這些嫌疑犯，這旅程可不得了。而且，其中還有四個人我們找不到地址：一個丹麥人和三個瑞典人。儘管米蘭德把過去二十五年的旅客名單全挖了出來，也找不出這些旅客中是否有人先前曾搭過運河觀光船。所以我的理論是，乘客當中沒有人是嫌疑犯。他們之中只有四個人是住單人房，其他人不是跟配偶住，就是有室友。因為他們都是頭一次搭這艘船，應該沒有人會對船隻結構和作息熟悉到有膽子犯案。這麼一來，只剩八個船員有嫌疑：一個舵手、兩個火伕，一個廚師及三個服務生；我們已經剔除總工程師，因為他年紀實在太大。我的理論是，沒有船員能犯下這個案子。首先，他們的作息根本就有互相監視的功能；其次，他們跟旅客發展親密關係的機會太小了，所以我的理論告訴我：沒有人謀殺羅絲安娜．麥格羅。而這顯然是錯誤的！我的理論永遠是錯的。天啊，思考是多麼危險的事！」

靜默了三十秒後，柯柏又說：

「如果不是艾里克森那頭禽獸幹的……媽的！不過能逮住他，也算運氣不錯……對了，你有在聽嗎？你聽到我剛才說了什麼嗎？」

「當然有，」馬丁．貝克心神恍惚地說，「我在聽。」

的確。馬丁．貝克都在聽，但柯柏的聲音在最後十分鐘似乎越來越遙遠。他突然冒出兩種完全不同的想法，其中一個與他曾聽某人說過的某事有關，這點很快就穿透他那被遺忘的記憶深處；另一個則是確實可行的攻擊計劃。

「她必定在船上遇到了誰……」他自言自語。

「不然她就是自殺的。」柯柏有點尖酸地說。

「某個不打算殺她的人，至少一開始如此，所以這人不可能事先隱匿身分……」

「當然，我們是這麼想的，但如果我們換個角度……」

馬丁．貝克眼前清楚浮現他在七月最後一天在莫塔拉見到的景象，也就是那醜陋的小船朱諾號繞過挖泥船，筆直開進港裡船塢的模樣。

他坐直了，拿出那張舊明信片注視著。

「萊納，」他對柯柏說，「一個觀光季會有多少相機被人拿出來拍照？至少二十五台，也許三十、甚至四十台。大家每到一個閘門都會上岸，為這艘船或彼此拍個照。應該有二、三十個家庭的相簿裡貼了這次旅遊的照片，各式各樣的照片。最早的應該是在斯德哥爾摩的碼頭拍的，最後則是在哥登堡。即使這三天的旅客只有二十人，用每個人拍了三十張相片來計算好了，也就是說，一個人大約拍一捲，也許有些人拍了更多。萊納，那表示至少有六百張照片……你知道嗎，六百張照片！搞不好一千張！」

「是啊，」柯柏慢慢回應道，「我了解你的意思。」

17.

「當然，這查起來很困難。」馬丁・貝克說。

「不會比現在我們在做的更糟。」柯柏回道。

這個遊戲他們玩過很多次了。馬丁・貝克對自己的理論有點懷疑，需要人幫忙證實；他其實已預知答案為何，也知道柯柏曉得他早已知道，但他們還是照慣例來玩。

「這招一定能帶來一些答案。」柯柏固執地說。

幾秒鐘後，他又補了一句：「無論如何，我們有個開始了。除了幾個例外，我們已知道他們住在哪兒；而且也已連絡上當中大多數。」

柯柏的語調總是很有說服力，這是他的特長。

過了一會兒，馬丁・貝克問：「現在幾點了？」

「七點十分。」

「名單上有住這附近的人嗎？」

柯柏翻了翻筆記本。

「比你想的還近，」他說，「住在北瑪拉史川，是個退役的上校和他妻子。」

「誰去問過？你嗎？」

「不，是米蘭德，『他們是好人』。」他說。

「米蘭德只寫這樣？」

「沒錯。」

•

路面又濕又滑。車子後輪打滑時，柯柏大聲咒罵。他們三分鐘後就到了目的地。是上校的妻子開的門。

「艾克索，來了兩位警察先生。」她扯開嗓門對著客廳大叫。

「請他們進來，」上校吼回來，「或者你們要我去門廊？」

馬丁·貝克甩掉帽子上的雨水，走了進去；柯柏則努力拍掉腳上污泥後才進門。

「這天氣真惱人呀，」上校大聲說著，「沒站起來迎接兩位，抱歉。」

上校面前的矮桌上擺著正玩到一半的骨牌遊戲，一只白蘭地玻璃杯和一瓶雷米·馬丁白蘭地，旁邊是一台電視震耳欲聾地響著。

「爛天氣，對吧？兩位要喝點干邑嗎？這還滿有用的。」

「我開車。」柯柏大聲回答，卻目不轉睛地看著酒瓶。

花了十秒鐘，馬丁·貝克才由凍僵中恢復過來。他搖搖頭。

「你跟他談。」他對柯柏說。

「你說什麼？」上校大叫地問。

馬丁·貝克勉力裝出笑臉，做了個「沒什麼」的手勢。他知道自己只要插一句話，就會讓喉嚨倒嗓一個禮拜。談話繼續進行。

「照片？我們好久沒拍照了。我視力這麼差，而艾克索又老是拍完忘記捲底片。兩個禮拜前有個年輕人來過，他也問過。他真是個好孩子。」

馬丁·貝克和柯柏很快交換眼神，不只是驚訝，主要是因為老太太竟然這樣描述米蘭德。

「但奇怪的是，」上校雷聲般地接下去，「堅茲克少校……對了，你當然不知道他是誰。我們在旅途中和他們夫妻同桌。他是採購軍官，非常好相處。我們其實是同年被任命為軍官的，但那場對抗布爾什維克的戰役讓他的軍旅生涯劃上了句點。你知道，只要戰爭繼續，官階就會升得快，不過一九四五年之後就沒得升了。不過，這對堅茲克的影響倒也沒那麼嚴重。他是採購軍官，他們這種人在戰後可說就像寶藏般稀罕難求。我記得他在奧斯納布的一家食品公司撈了個董事席位。我們是有些共同點，很多事可以好好聊聊，所以時間過得很快。至少他曾經在藍師當過聯絡軍官九個月，正確來說應該是十一個月。你知道這個「Blue Division」嗎？那是西班牙佛朗哥的精英部隊，用來對付他的政敵。而且我得說，我們總是把住在這裡的義大利人、希臘人、西班牙人或其他人批評得一文不值……是啊，我們真喜歡翻舊帳。但是我得這麼說，就像我剛剛告訴你的，這些藍師裡的小夥子，他們真的能……」

馬丁・貝克轉頭絕望地望向電視螢幕，節目中是瑞典南部農民拔甜菜的報導，這顯然已是舊聞，上校的太太卻看得目不轉睛，而且對周遭環境毫無感覺。

「我了解。」柯柏大聲說著。

接著，他深吸一口氣，再用相當大的聲量說：

「你剛剛提到照片時是想說什麼？」

「什麼？噢，對啦，我是說，奇怪的是，堅茲克少校雖然聽力和視力沒比我們好多少，但居然是個玩相機的高手。他這趟旅程拍了許多照片，我們幾天前才剛收到他寄來一個大信封，裡面全是他拍的照片。我覺得他真是考慮周到。洗這麼多照片一定花了不少錢。照片全都拍得很好，至少是美好的回憶。」

馬丁・貝克移向電視機，將音量轉小些；這動作其實是一種自我防衛的本能，他沒有意識到自己在做什麼。上校太太不解地望著他。

「什麼？當然可以。米桑，麻煩你把德國寄來的照片拿來好嗎？我想拿給兩位先生看。」

馬丁・貝克從打結的眉毛下方一路觀察著這位名叫米桑的女人離座。

照片是彩色的，約三乘四吋大。信封中約有十五張照片，坐在安樂椅中的上校用食指和拇指掐著這些照片；馬丁・貝克和柯柏站在椅子兩側，傾身一同檢視照片。

「我們在這裡，這位是堅茲克少校的太太。噢，對了，你可以看到我老婆在這兒……而這是我。這張是從船橋上往下拍的，那是第一天出港時，我正在和船長聊天，你看到了吧？還有這裡……可惜我也看不太清楚……親愛的，拿放大鏡給我好嗎？」

上校仔細地緩緩擦拭著放大鏡，繼續說：

「看，我們在這兒，你可以看到堅茲克少校本人了，旁邊是我和我太太……這張想必是少校夫人拍的，比其他張暗一點。嗯，這張又是我們，看來好像是同一個位置，只是換了個角度。噢……我看看……跟我說話的女人是莉本埃娜夫人，她也是德國人，而且也和我們同桌吃飯。她很迷人，人也很好，只是有點上了年紀。她丈夫在阿拉敏戰役中喪生。」

馬丁・貝克很仔細地看，只見一位老邁婦人穿著花卉圖案的洋裝，頭戴粉紅色帽子，站在救生艇旁，一手拿著一杯咖啡，另一手拿著一塊糕點。

他們繼續檢視這些照片，內容幾乎全部相同。馬丁・貝克開始覺得背痛，他到現在唯一能確定的，只有堅茲克少校夫人的長相。

終於，最後一張照片落在上校面前的矮桌上。這正是馬丁・貝克說過的那種照片。這是從船尾照過來的黛安娜號，當時船正停泊在斯德哥爾摩的碼頭。照片以市政廳為背景，還有兩輛計程車正行駛在車道上。

這照片一定是在船正要開駛之前拍下的，因為幾乎所有乘客都還在甲板上。可以看到少校夫人就在船尾綁著救生艇的遮雨甲板上。羅絲安娜・麥格羅就站在她正下方。她的手臂擱在扶手上，腳張得很開，彎身向前；她穿著涼鞋，戴著太陽眼鏡，身上是一件綁肩帶的連身黃色洋裝。馬丁・貝克竭力傾身朝前，想辨識出站在她身邊的那些人。這同時，他聽到柯柏吹了一聲口哨。

「噢，對了，對了，」上校自顧自繼續說，「這就是那艘船停在里達虹的樣子。這是市政廳，這是希德加・堅茲克，那時我們還沒碰上。噢，奇怪的是，這個年輕女孩也跟我們同桌了好幾次，我猜她是英國人或荷蘭人。後來他們大概是把她換到別桌去了，好讓我們這些老人多點用餐空間。」

放大鏡底下是一根強壯、滿是皺紋及白毛的食指，擱在照片中身著涼鞋和寬鬆黃色洋裝的女孩身上。

馬丁・貝克深吸一口氣，準備開口，但柯柏搶先一步。

「什麼？」上校問道，「我確定嗎？我當然確定。她與我們同桌至少有四、五次……但幾乎沒講過話，如果我沒記錯的話。」

「但是——」

「沒錯，你的同事是給我看過她的照片，但你知道，我並不記得她的面貌。我只記得她的洋裝，說得正確一點呢，那也不叫洋裝。」

他轉向左邊，將他有力的食指戳在馬丁・貝克的胸膛上。

「那是露胸禮服。」他的耳語聲洪如雷。

18.

十一點十五分，他們還坐在克里斯丁堡的辦公室裡。清新的微風吹拂著，小雨滴落在窗上。

馬丁．貝克面前的桌上散放著二十張照片，他將其中十九張推到一旁，只顧著研究放大鏡光圈下、有羅絲安娜．麥格羅出現當中的那張——這大概是第五十次了。她的形貌正和他想像的一模一樣。她的目光朝上，可能是在望向里達虹的高塔。她看起來相當健康而警覺，絲毫不知道自己只剩三十六小時可活。她左手邊就是Ａ７艙房，房門雖然開著，但照片上看不出房內擺設。

「你知道嗎，我們今天真是走運，」柯柏說，「這也是我們接這爛案子以來的頭一次。每個人遲早都會碰到好運，只是我們的好運來得可真晚。」

「我們也有運氣不好的地方。」

「你是指，她是和兩個重聽的老先生和三個半瞎的老太太同桌嗎？這不是什麼壞運，只是平均率的問題。我們現在該回家睡個覺。我可以載你，還是你寧可滿心歡喜地去搭地鐵？」

「我們先給卡夫卡發個電報，其他內容明天在信中說明。」

他們在半小時後完工。柯柏駕車在雨中穿梭，又快又魯莽，但馬丁・貝克不緊張，儘管平常搭車時心情都會變差。他們一路上都沒說話，直到車子在馬丁・貝克家門前緊急煞住，柯柏才說：「現在你可以上床好好想一想囉！再見。」

馬丁・貝克走過女兒的房間時，屋內已一片漆黑，但他聽到房內傳來廣播的音樂聲。她可能躺在床上，收音機就壓在枕頭底下。當他自己還是小男孩時，也曾躲在毛毯底下，偷偷拿手電筒讀著冒險小說。

廚房餐桌上放著一些麵包、奶油和乳酪。他弄了一份三明治後，打開冰箱想找啤酒喝。一瓶不剩。他站在水槽邊，配著半杯牛奶囫圇吞下這頓寒酸的晚餐。

他小心翼翼地進入臥房躺下。他老婆半睡半醒地轉向他，好像要說什麼。他靜靜躺下，控制吐納。幾分鐘後，他的呼吸漸漸回復平穩，於是他放鬆四肢，闔眼開始思考。

羅絲安娜・麥格羅出現在旅程正剛開始的照片上。此外，這疊照片還可清楚指認出另外五個人的身分：兩對軍官夫婦和寡婦莉本埃娜。要再找到二十五至三十組照片應該很簡單，而且張數會比這一組多。每個不可能的對象都會被剔除，每張照片都會經過仔細檢查，以確認他或她認識的照片中人。這要費點力氣。最後，他們就能描繪出羅絲安娜・麥格羅最後的這段人生路，她的這趟旅程將會像影片一樣，清晰地投映在他們眼前。

這工作有一大部分要仰賴卡夫卡。旅客中有八人散布在北美各地，美國人挺愛用底片的，可說以此聞名。還有，除了嫌疑犯之外，如果有人曾和這個林肯市來的女人有過接觸，那極有可能是同國籍的人。或許他們該努力在船上的美國人當中找出嫌犯才對。也許哪天他會接到卡夫卡的電話說：「哈，我斃了那個王八蛋！」

想著想著，馬丁．貝克毫不費力地進入夢鄉。

隔天還是雨天，天空灰暗地灑著小雨滴。秋日最後的黃葉頹喪地貼在屋外牆上和窗玻璃上。

卡夫卡很可能接收到了馬丁．貝克昨晚的思緒，一早就發出一封簡短扼要的電報：

盡可能把所有資料都寄來。

兩天後，任何事都牢記在心的米蘭德，手持菸斗冷靜地說：「烏里．米爾登柏格目前人在德國漢堡，而且會待上整個夏天。你要錄他的口供嗎？」

馬丁．貝克想了五秒，「不必了！」

他本來很想馬上加一句：「記下他的地址。」但終究沒說出口，只是聳聳肩繼續做事。

這些日子裡，他沒多少事可實際動手。這個案子越是抽絲剝繭，他就越發現調查工作必須遍及全球。剛開始，他和莫塔拉的艾柏格建立了「熱線」，之後，他們發現涉案人物就像陽光一樣，遍灑在世界各個角落，從北半球的北角到南半球的德爾班，向東則到安卡拉；沒多久，又發現被害人的背景和最重要的線索來自西邊美國林肯市的卡夫卡，距他六千英哩外，而且現在還得靠這位警官協助，調查遍布美洲大陸的相關人物。

有了這麼多遍及各地的協尋人員，難道他們還揪不出人犯？不幸的是，就邏輯上而言，的確無法。另一起姦殺案，就曾讓馬丁・貝克留下痛苦的回憶。那起案件發生在斯德哥爾摩近郊一間地下室內，屍體在案發不久就被人發現，警方不到一小時便已趕到現場。有幾個人曾見到兇手，也提供了具體、詳細的目擊描述。行凶者留下腳印、菸蒂、火柴和許多雜物；此外，他還用變態的特殊手法處理過屍體。但警方依然無法逮到人犯。隨著時間消逝，警方原本的樂觀期待逐漸轉變成氣憤自己的無能。所有的線索仍然只是線索。直到七年後，歹徒再度因為企圖強暴而被捕，才在審訊中因精神崩潰而承認之前這起謀殺案。這起案件在七年之後終能結案，對馬丁・貝克而言，只是一個小小的意外，但是對他一位年長的同事卻是意義非凡。他記得很清楚，那位同事月復一月、年復一年地加班到深夜，重覆第五百次、甚至第一千次地翻閱所有口供和資料。馬丁・貝克常在意想不到的時間和地點遇到這位同事，後者本來應該要下班或放假了，卻留下來想找新的角度切入這個差點成為他此生遺憾的刑案。還好後來他病了，並且獲准提早退休，但他仍不死心，繼續追蹤嫌疑犯。最後，某個毫無前科、也從未列入任何嫌疑名單的人，在一個驚訝萬分的哈蘭省警察面前，泣不成聲地供出七年前犯下的勒殺案，這件案子才算結束。馬丁・貝克有時懷疑，這遲來的正義是否真給這位老警探帶來心靈的平靜。

而羅絲安娜這件案子也有此可能。只是地下室那個女人是個沒有家、四處遊蕩的社會邊緣人，可聯想到的嫌疑犯就和她皮包裡的東西一樣，寥寥無幾；但羅絲安娜・麥格羅並非如此。

馬丁・貝克一邊等著消息，一邊放任思緒洶湧。

在此同時，莫塔拉的艾柏格一再向當局要求，希望調派蛙人對運河河床進行地毯式的挖掘檢查。他近來很少和馬丁・貝克聯絡，但仍等著電話會隨時響起。

一週後，卡夫卡又傳了一份電報，訊息難解而驚人：

你們可能隨時可以休息了。

馬丁・貝克隨即打給艾柏格。

「他說我們可能隨時可以休息了。」

「他大概知道我們很需要吧。」艾柏格說。

柯柏不表同意：「這傢伙真短視，他犯了所謂的直覺症。」

米蘭德一言未發。

十天後，他們收到大約五十張照片和一百五十張底片。其中大部分都照得很差，而且只找到兩張裡有羅絲安娜·麥格羅。這兩張照片都是在里達虹港拍下，而且都是她獨自站在A艙甲板上，位置離她的房間不遠。其中一張是她彎腰在抓右腳踝，但僅只於此。他們又辨認出二十三名乘客，讓已能確認的乘客總數達到二十八人。

米蘭德負責仔細檢查照片，完成後，他將之交給柯柏，由柯柏再將照片依時間排序。馬丁·貝克接連數小時仔細檢視照片，卻不發一語。

幾天後，好幾打照片陸續送到，但這次當中都不見羅絲安娜·麥格羅的身影。

另外，安卡拉方面寄來了一封信。其實這封信在第十三天的一大清早就放在馬丁·貝克的桌上，只是他們又花了兩天將信送去土耳其使館翻譯。這封信出乎眾人預料，似乎帶來了這段日子以來最大的進展。

土耳其乘客當中有一位是二十二歲的醫學生，名叫古尼斯·弗拉特，他說他認得照片中的女子，但是不知道她的姓名和國籍。而某位有著詰屈聱牙姓名的高階警官主持了一場「強制審訊」之後，古尼斯才招認，他認為這女人很有魅力，因而在旅程第一天曾向她以英文口頭搭訕過兩次，但她沒有反應，也就不了了之。證人記得，稍後曾看到她和一個男人走在一塊，所以認為她已婚，只是偶爾落單罷了。證人只記得該男子形貌「相當高」。古尼斯在旅程後半段就沒再見過這個女人了。證人古尼斯的叔叔，由同一位警官以「非正式」的審訊錄供。他說他這整趟航程中一直注意著侄子，每次絕不讓他單獨離開超過十分鐘。

使館還加注評語，說這兩位旅客都來自富有、高尚的家庭。

這封信沒有讓馬丁．貝克太過驚訝，他知道早晚會收到如此資訊。現在他們又往前跨了一大步。當他在整理資料好寄到莫塔拉時，腦中一直在想像土耳其高階警官的「強制審訊」會是什麼模樣。

算柯柏高竿，他對這些內容倒是不驚不怪：

「土耳其人？我聽說過他們的手段。」

他開始找照片清單。

「照片編號23、38、102、109……」

「夠了。」

馬丁．貝克翻看這一疊照片，直到找出叔侄兩人形貌清楚的一張。他看著那位叔叔的白鬍鬚好一會兒，再轉到古尼斯．弗拉特。他的身材短小、穿著體面，蓄著黑而短的鬍鬚，五官均衡。

他並不是毫無魅力的男人。

可惜羅絲安娜顯然不這麼認為。

從他們想到蒐集照片這主意以來，如今已是第十五天。他們已能指認出四十一名乘客，而且多獲得兩張羅絲安娜的照片。兩張都是船停在運河中時拍下的，其中一張，羅絲安娜出現在背景中，既未對焦、又背對鏡頭；但另一張則照到她的側身。她倚著欄杆，拿下墨鏡，抬頭斜望著太陽，背景是一座鐵路橋，照片中的她距離死亡只有三小時。她的黑髮飄飄，嘴唇微張，好像剛打完呵欠或正要說話。馬丁・貝克用放大鏡看了很久才問：

「這誰拍的？」

「一個丹麥人。」米蘭德回答，「赫蓓卡・安達，她從哥本哈根獨自前來旅行，一樣也住單人房。」

「找出她所有的資料。」

半小時後來了一顆炸彈。

「有一封美國來的電報，」一個女人在電話另一端說著，「要唸給你聽嗎？」

昨天挖到寶藏了。十捲八釐米彩色影片和一百五十張照片。你會看到羅絲安娜在當中出現多次。她似乎有某種謎樣的性格。泛美航空保證週四可送達斯德哥爾摩。

卡夫卡

「要我翻譯嗎？」

「不，謝了，這樣就好。」

馬丁・貝克跌坐椅上。他揉按著髮際線，看看桌曆。十一月二十五日，星期三。

外面寒冷刺骨，還下著綿綿細雨。快要下雪了。

19.

他們在北分局對街的製片室播放影片。放映室內相當擁擠，即便此刻，馬丁．貝克也很難克服他對人群的厭惡感。

這些人包括他的上司、分局督察、檢察官拉森和艾柏格，他們都是從莫塔拉開車來的。此外，柯柏、史丹斯壯和米蘭德也都在現場。

就連這輩子見識過的案件比其他人加總起來還多的哈瑪，此刻也都格外沉默、緊張，而且警戒著。

燈光熄滅。

放映師開始轉動影片。

「噢，開始了，開始了……噢！」

一如往常，要柯柏閉嘴還是件難事。

影片的第一個畫面是斯德哥爾摩的皇家侍衛，正通過古斯塔阿道夫廣場，朝北橋移動。接著鏡頭轉向歌劇院。

「排場不怎麼樣嘛，」柯柏說，「他們看起來跟一般憲兵沒兩樣。」

「噓！」分局督察小聲地說。

隨後畫面是幾個鼻子翹翹的漂亮瑞典女孩，在陽光下閒坐在音樂廳前的階梯上，這是市中心的一棟高聳建築。史肯森公園裡拉普蘭人的帳篷前有一張觀光宣傳海報；葛利松古堡前的廣場聚集了一群人在跳土風舞；畫面中有幾個擦上紫紅色唇膏、戴著墨鏡的中年美國女子；接著是雷森旅館、史凱普橋，再移到「史維加號」的船尾；跟著上來一艘前往獵苑島旅遊的船隻，同時有一大群來自景觀船的旅客在斯德哥爾摩著陸。

「那艘是什麼船？」分局督察問道。

「慕爾・麥馬克的『巴西號』，」馬丁・貝克答道，「每年夏天都會到這兒來。」

「那棟建築是什麼？」過了一會兒分局督察又問。

「它隸屬於一個古老家族，」柯柏說，「大戰前，海爾・塞拉西*還在這兒時，曾一度對它極為推崇，他以為那是皇室宮殿。」

海鷗優雅地拍動翅膀。鏡頭轉向法斯特郊區，成排的群眾依序進入有玻璃車頂的巴士；漁夫們不友善地瞪著鏡頭。

「這些影片是誰拍的？」分局督察問道。

「美國奧勒岡克拉馬斯佛斯的小貝樂米先生。」馬丁・貝克說。

「沒聽過。」分局督察說。

然後是史瓦門街及邦克柏街感光不足下的景致。

「來了！」分局督察說。

畫面中是進入里達虹碼頭的黛安娜號，鏡頭從船尾切入。羅絲安娜・麥格羅出現在鏡頭中，雙眼直視前方。

「她在這兒。」分局督察說。

「天啊！」柯柏說。

一個塗著紫羅蘭色唇膏的女人從左側入鏡，露齒一笑。除了船公司的旗幟及市政府高塔外，一切景物清晰可見。接著出現白點，不斷閃爍，再轉成紅棕色的陰影，最後陷入一片黑暗。

燈光亮起，穿著白色外套的男子瞥了大門一眼。

「稍等一下，投影機有點狀況。」

＊　海爾・塞拉西（Haile Sealassie, 1892—1975）：衣索比亞皇帝，一九三〇至一九七四在位。一九三五年因義大利入侵衣索比亞，被迫流亡海外，直至一九四一年才返國。

柯柏轉身看著馬丁・貝克。

「帶子八成是著火燒成灰燼了。」副首席偵查員萊納・柯柏一副精於測心術的模樣。

就在這時，燈光又暗下。

「夥伴們，我們就要對焦了。」分局督察說。

接著又是幾個市容景觀、觀光客的背影、西橋及左右搖動鏡頭拍下整座橋的畫面，水面的白浪，瑞典國旗，疾行的幾艘小艇，以及一連串甲板躺椅上的貝樂米太太閉著眼享受陽光的鏡頭。

「注意它的背景人物。」分局督察說。

馬丁・貝克認出影片中的幾個人，但羅絲安娜不在其中。

跟著經過索德拉來水閘、一座公路路橋和鐵路路橋。由下往上照的鏡頭中，可見船桅上的旗幟在藍天下隨風飄揚。一艘甲板上滿載魚隻的汽船向他們駛來，有個人在上頭頻頻揮手。下個鏡頭是在船尾的貝樂米太太，她的臉向右撇，皺眉看著同一艘汽船。

從船上可見奧塞盧森市，包括它聳入雲霄的現代化教堂尖塔，冒出濃煙的鋼鐵廠煙囪。影片隨著船隻擺動上下搖晃，色調逐漸轉為黯淡的灰色。

「天氣變得更糟了。」分局督察說。

整個畫面看來相當灰暗，忽然鏡頭一轉，來到空無一人的船橋甲板。掛在前方船首的哥登堡市旗已經潮濕、倒下。畫面中有個舵手，在下樓梯的途中努力平衡住手中的碟子。

「現在在哪裡？」分局督察問道。

「他們已經出了哈夫林吉。」馬丁．貝克說，「大概在五、六點左右。他們因為濃霧在那裡暫停。」

接著出現的是遮雨甲板，只見空盪的躺椅，景象是一片淡灰和潮濕，一個人也沒有。鏡頭往右一偏，隨後燈光一變，又移回原處。羅絲安娜．麥格羅正走在甲板往上的階梯，她沒穿絲襪，腳著涼鞋，但套著一件薄薄的塑膠雨衣，髮上圍著一條頭巾。她走過救生艇，直接入鏡，面無表情地看了攝影者一眼，神色冷靜而放鬆，消失在鏡頭右邊。畫面又快速轉變，羅絲安娜．麥格羅出現在後方，她將手肘置於欄杆上，身體重心全擺在右腳，邊踮著腳，邊以右手搔著左腳踝。

這時是她遇害前大約二十四小時。馬丁．貝克屏息以待，整個房間鴉雀無聲。這個來自林肯市的女子，其形影隨著點點白光逐漸消褪，這段畫面已近尾聲。

濃霧已然消失。畫面是一張紫羅蘭色的嘴唇在微笑著。一對老夫婦坐在甲板上的躺椅，膝上蓋著毛毯。此刻雖不見陽光，倒也不再下雨了。

「他們是誰？」分局督察問道。

「另外兩個美國人，」柯柏說，「安德森夫婦。」

船行至水閘。這鏡頭從船橋越過前方甲板，出現很多人的背影。陸地上有一名船員身子前傾，推動控制閘門的轉輪。攝影機一抖，顯然是閘門打開了。貝樂米太太皺起眉頭，由下往上可清楚看見她的雙下巴。此時畫面中的背景是船橋和船名。

接著是另一個從船橋看到的鏡頭，那是個新的水閘，前面的甲板擠滿人。畫面跳到一個頭戴草帽、忙著說話的男人。

「康佛得，美國人，他是獨自來旅行的。」柯柏在一旁解說。

馬丁・貝克懷疑此刻是否只有他看到羅絲安娜・麥格羅剛閃過畫面中。她靠在右弦邊的欄杆旁，一如平常用手肘撐著，身穿寬鬆的褲子和暗色毛衣。

在水閘拍攝的鏡頭還持續了一會兒，但她沒再出現其中。

「現在船開到哪兒了？」分局督察問道。

「卡斯勃，」柯柏說，「不在維特恩湖。這裡是在索德策平的西邊一點點。他們大約在九點四十五分離開索德策平，這畫面應該是在十一點左右。」

又一個新的水閘。接著是另一個前甲板的鏡頭，羅絲安娜再次出現。她穿著一件黑色高領套頭毛衣，周圍站了許多人。她轉過頭來對著鏡頭，看似在笑著。畫面很快轉變到水面，接著還有一連串貝樂米太太和安德森夫婦的鏡頭，來自北瑪拉史川的上校走來，橫過鏡頭和景物中間。馬丁．貝克的脖子上滲出汗水。剩十個小時了。她笑過嗎？

接著是前甲板上的短暫畫面，只有三、四個人在上頭。船出水閘來到湖面。再現白點，鏡頭不再轉動。

分局督察回過頭來。

「羅克森湖？」

「不，是亞斯波金。」艾柏格答道。

一座吊橋，岸邊建築，一群在岸上揮動雙手看著他們的人。

「諾松，」艾柏格說，「現在大約是下午三點十五分。」

鏡頭一直對著岸邊，定住不動。樹木，牛群，還有房子。一個七、八歲左右的小女孩沿著運河邊的小路走著，身穿棉質的藍色洋裝，綁著兩條小辮子，腳上穿著木鞋。有人從船上朝小路丟出一枚硬幣，她撿起硬幣，羞澀地行了個禮，表情困惑。甲板上丟出了更多錢幣，小女孩跑了幾步，一一將之拾起。畫面又回到船上，兩根指甲塗著緋紅蔻丹的手指捏著半元銀幣，鏡頭往上移，是貝樂米太太，神情興奮的她將錢幣往外丟。岸邊的小女孩右手裡滿是錢幣，她瞪著藍色的大眼睛，滿臉疑惑。

馬丁・貝克沒去看這些。他聽見艾柏格深吸了一口氣，柯柏則是坐立不安。

在這名來自奧勒岡克拉馬斯佛斯、「做善事」的女子身後，羅絲安娜・麥格羅正從左而右、穿過遮雨甲板。她不是單獨一人。在她左側有個男子緊靠在她身邊。此人帶著運動帽，大約比她高一個頭，有那麼十分之一秒的時間，在背景較亮的一刻，可以清楚看見他的側臉。

眾人的目光全盯住這個鏡頭。

「停在這兒！」分局督察說。

「不，別停。」艾柏格說。

攝影鏡頭沒再回到船上。只見無數綠岸滑過鏡頭，草地、樹叢，還有在微風中輕顫的綠蔭。終於，點點滴滴的夏日鄉景逐漸消失在白點後。

馬丁・貝克從胸前口袋取出手帕，緊抓著擦乾頸子上的汗。

接著覆滿畫面的是令人驚訝的新景象。運河既在他們身前，也在身後，它蜿蜒流過一段一望無際的綠地，左邊有一條小徑，再往左深入陸地，可見圍籬內幾匹馬正在吃草，一群人正沿著小徑散步。

艾柏格在分局督察還來不及開口前就先回答了：

「現在這是羅克森湖的西邊，船已經經過貝格的水閘。這段時間，拍攝者一定已經先去了勇司布洛，因為在到達伯倫斯堡的水閘之前，還有最後一個水閘。現在這時候大約是下午七點。」

在前方遠處可見一艘船頭掛著哥登堡旗幟的白船，小徑上的人群走近了些。

「謝天謝地。」艾柏格說。

只有馬丁·貝克知道艾柏格的意思。因為船在閘道中時，拍影片的人可能會選擇隨著導遊下船，到伏瑞塔的修道院附近參觀。所幸他沒有。

接著出現的是一艘船的畫面，它正慢慢沿著運河行駛，在夕陽襯托下冒出陣陣灰白煙霧。

但放映室中沒有人多看這艘船一眼。小徑上的這群旅客已經走近到能辨識出每個人的面貌。馬丁·貝克立刻認出古尼斯·弗拉特，來自安卡拉的二十二歲醫學生。他走在其他人前面，向跟在他後邊的人頻頻揮手。

然後，他看到了她。

大約在這群人身後四十五英呎處，有兩個落後的身影，其中一個正是羅絲安娜，她依舊穿著寬鬆的長褲和暗色毛衣。在她身旁跨著大步走的還是那名頭戴運動帽的男子。

他們仍在離鏡頭很遠的地方。

「希望這段影片夠長。」馬丁·貝克暗自期盼。

他們走近了些。攝影機的位置並沒有移動。

能看清楚他們的容貌嗎？

他看見高個兒男子扶住她的手臂，像是要幫她越過小徑上的水坑。他們停下腳步望著船，船隻緩緩通過，遮住了他們的身影。這兩人消失了。但從克拉馬斯佛斯來的貝樂米太太，倒是更加頑固地杵在攝影機前。羅絲安娜・麥格羅從船邊走過，可以清楚看見她往小徑走下去。她停下腳步點點頭，將她的右臂伸向一旁那位仍被船身遮住、而且隨後才出現的人。

畫面又猛然一變。水閘成了畫面前景，附近還可見幾名旁觀者的腿。他覺得自己看見其中一雙腿穿著寬鬆長褲，腳著涼鞋，一旁有一雙腳穿著低筒鞋。

畫面再度消失，微微閃著亮光。幾個人發出嘆息聲。馬丁・貝克扭緊指間的手帕。

但影片尚未結束。一張感光不足、畫著紫羅蘭色唇膏、戴著墨鏡的臉塞滿畫面，接著她又移向右邊，消失在鏡頭右側。在甲板左邊有個身穿白色上衣的女侍按著電鈴，羅絲安娜・麥格羅從裡面走出來，有個人跟在她身後走出，一起向餐廳前進。她皺起前額，抬頭看看天空，笑了笑，轉身面向她身後那個隱匿的身影。不過那人沒被完全擋住，他們可以看見他穿著斑點斜呢夾克的一隻手臂和部分肩膀。接著是一片白點，影片逐漸消褪，化為一片無盡的灰色。

她終於笑了。他很肯定，就在七月四號晚上七點。十分鐘後，她已經吃下牛排、新鮮的馬鈴薯、草莓和牛奶，就在一位瑞典上校和德國少校就史達林格勒戰役交換看法之際。

螢幕上亮光充斥，出現更多水閘，湛藍天際浮著幾朵白雲。船長的手擱在電報機上。

「石佐托普。」艾柏格說，「這是隔天十二點。他們很快就會到達凡納恩湖。」

馬丁．貝克記得所有的細節。一小時後雨會停，羅絲安娜的生命也走到盡頭，她遭受侵犯的裸屍被人棄於伯倫防波堤附近的污泥中，將近十二小時。

眾人在船行運河上時都來到甲板，坐在躺椅中，或說或笑，或仰望太陽。那名來自奧勒岡克拉馬斯佛斯的上流社會女子，皺眉頭對鏡頭笑著。

現在他們來到凡納恩湖了。大家不停地左移右晃四處走動，一名從莫塔拉實驗中心來的年輕人，冷漠地把一碟菸灰倒進湖中，他的臉色黝黑，看似生氣地瞪著攝影師。

不見那位穿著暗色毛衣、寬鬆長褲和涼鞋的女人。

也沒有那個穿著斑點斜呢夾克、頭戴運動帽的高個兒男子。

眾人接連看過一捲又一捲的影片。夕陽餘暉中的維內斯堡。黛安娜號停泊在碼頭邊，鏡頭中是一名船員正要登上陸地。接著是楚洛赫坦運河的畫面。

「前甲板上有一輛摩托車。」艾柏格說。

汽船在晨曦中停靠在哥登堡的伯門港，就接在滿是船具的「維京號」船尾。鏡頭轉到前甲板，人群正走下通道。摩托車已經不見了。

另一個鏡頭，那個塗著紫羅蘭色唇膏的女人，安穩地坐在一艘哥登堡的景觀船中，接著左右移動的鏡頭攝入花園協會所有的花影。螢幕垂直閃過點點白光。

畫面暗去，影片結束，大燈亮起。

大約十五秒鐘的一片靜默後，哈瑪從座位中起身，目光從分局督察那裡移向檢察官，最後落在拉森身上。

「各位，午餐時間到了，你們都是政府的客人。」

他溫和有禮地看著眾人：「我猜你們可能想在這兒多待一會兒。」

史丹斯壯也跟著離去。他的確正忙著另一起案件。

柯柏用詢問的眼光看著米蘭德。

「不，我沒看過這個人。」米蘭德說。

艾柏格握緊自己的右手，擺在面前。

「是個甲板船客。」他說。

他轉身看著馬丁・貝克。

「你記不記得，在波哈斯帶我們上船參觀的那個人？他曾說，如果甲板船客要睡沙發的話，簾子就會拉下來？」

馬丁．貝克點點頭。

「船上一開始沒有摩托車。我第一次看見車，是在索德策平之後的某個水閘。」米蘭德說。

他從嘴裡抽出菸管，把它清乾淨。

「那個戴運動帽的傢伙也同時出現。」他說。「從後面再看一次。」

他們重播影片，看到米蘭德所說的全部正確無誤。

20.

入冬的第一場雪此時開始落下，大片的白色雪花吹向窗上，迅速溶解後，在窗玻璃上匯成一條條小河；雪水潺潺流進簷槽的同時，斗大的水滴也濺落在金屬窗檯上。

雖然已是正午十二點，室內依然昏暗，馬丁·貝克只得點亮桌燈；這盞燈在書桌和打開的檔案上撒出一片宜人的柔光。房間裡其他地方依舊處在黑暗中。

馬丁·貝克捻熄最後一根菸，拿起菸灰缸，吹落桌面上的菸灰。

他覺得餓，後悔自己沒和柯柏及米蘭德一起去自助餐館。

看完卡夫卡寄來的影片已過十天，他們卻依舊處在守株待兔的階段。就像這案子裡的每件事，新線索總消失在一堆問號和可疑證據累積的混亂局面中。證人的訊問工作幾乎全交給艾柏格和他的同僚，他們十分謹慎，全力以赴，但成果依然有限。其中最叫人振奮的事竟是：沒有接獲任何訊息足以否定他們假設有個甲板船客曾在曼姆、索德策平或諾松上船，並且在前往哥登堡的途中一直留在船上；也沒有任何線索否定他們假設的這名船客體格強壯，身高高於常人，戴著運動帽，還穿著斑點斜呢夾克及灰色上衣和棕色鞋子；此外，也無法否定他有一部藍色摩納克機車。

大副提供的證詞最有幫助。他認為他曾經賣出船票給讓他聯想到照片中男子的人。他不知道那是何時的事，甚至不太確定是在今年夏天，也有可能是之前的某個夏天。他的記憶力本來就不佳，總之只能確定，如果那個人是警方要找的那位仁兄，他的確帶著一部腳踏車或摩托車上了船，而且還有釣具及一些釣魚好手才會用的東西。

艾柏格親自和這名證人碰頭，極盡所能讓證人說出記得的事。馬丁・貝克的檔案夾裡留有記錄謄本。

艾柏格：航程中搭載甲板船客是常有的事嗎？

證人：以前比較常見，但一向都有。

艾：他們通常會在哪裡上船？

證：船停靠的任何地方，或在水閘間。

艾：甲板船客最常在哪一段航程搭船？

證：旅程中的任何地方。很多騎腳踏車或摩托車的人會在莫塔拉或瓦茲特納上船，以便渡過維特恩湖。

艾：其他人呢？

證：對，我才正要說。我們以前會帶散客從斯德哥爾摩出發，到奧賽盧森，還有從林策平到維內斯堡，不過現在不這麼做了。

艾：為什麼？

證：太擠了。一般旅客已經付了昂貴的票價，不該讓他們忍受和一群帶著熱水瓶和野餐籃到處跑的老太太和年輕人擠在一條船上。

艾：有什麼線索能判定一個甲板船客可能在索德策平上船？

證：沒有。他可以在任何地方或水閘中上船，這一路上共有六十五個水閘。此外，我們還會在幾個不同的地方停泊。

艾：你們能載多少甲板船客？

證：一次嗎？現在很少會多於十個，大半只有兩、三個，有時連一個都沒有。

艾：他們多半是什麼樣的人？通常是瑞典人嗎？

證：不是，這些通常是外國人。任何人都有可能，不過通常是那種喜歡汽船又懶得事先去查時間表的人。

艾：他們的名字會列入旅客名單嗎？

證：不會。

艾：甲板船客是否有機會在船上用餐？

證：當然，只要他們願意，也能和其他船客一樣享用餐點。通常是坐其他人用餐入座後剩下的空位。有固定價格的套餐，也有單點。

艾：你先前說你對照片中的女人毫無印象，現在你卻說你認得這個男人。船上沒有事務長，而你身為大副，難道沒有責任招呼遊客嗎？

證：乘客上船時我會驗票，同時表達歡迎之意，之後就不會去打擾他們。這航程的目的不是要對他們傳播觀光資訊，他們在其他地方已經受夠了。

艾：要是這樣，你說你不認得他們，這不是很奇怪嗎？你有將近三天都和他們共處在同一艘船上。

證：所有遊客在我看來都是一樣的。提醒你，我每年夏天都要面對兩千個這樣的人，十年下來便有兩萬個；而且我工作的地方是在船橋，只有兩個人輪班，一天下來就要待上十二個小時。

艾：無論如何，這趟旅遊可說是最特別的，它發生了不尋常的事。

證：我還是得花十二個小時在船橋工作，而且，這趟船程我老婆也在船上。

艾：她的名字不在旅客名單上。

證：當然不在，幹嘛要在？員工有權在某些行程中帶親屬上船。

艾：那麼這趟行程船上共有八十六人的資訊並不正確。加上甲板船客和船員親屬，可能都有一百人了？

證：是的，沒錯。

艾：好吧。那麼帶著摩托車上船——也就是照片裡的男人，他是何時下船的？

證：既然我無法確定見過他，請問我又怎麼知道他在哪裡下船？我們一到伯門港，就有一堆人趕著要在凌晨三點下船去轉搭火車、飛機或其他船。其他留在船上的人整晚也都在睡覺，等著一早上岸。

艾：你的太太在哪裡上船？

證：莫塔拉，我們就住在這裡。

艾：莫塔拉？半夜？

證：不，她提早了五天搭上開往斯德哥爾摩的船，然後在七月八號下午四點下一段航程起錨時離開那艘船。這樣你滿意了嗎？

艾：當你想到這趟旅程中發生的事，你有什麼反應？

證：我無法相信。

艾：為什麼？

證：一定會有人注意到才對。想想看，一百個人擠在一艘九十英呎長、十五英呎寬的船上，而且船艙又小得跟捕鼠器沒兩樣。

艾：你曾經和遊客發生超越工作的關係嗎？

證：有，和我老婆。

馬丁・貝克從衣服內口袋中取出三張照片。其中兩張是直接從影片膠捲中截取出來的，另一張是把卡夫卡送來的黑白照片局部放大。它們有兩個共通之處——都捕捉到一名頭戴運動帽、身穿斑點斜呢夾克的高個頭男子的身影，而且畫質同樣糟糕。

在此同時，斯德哥爾摩、哥登堡和索德策平、林策平的數百名警員，已收到這些照片的複本，此外照片也送往每位檢察官的辦公室，傳及瑞典各地警局，甚至還到了其他國家的幾個地方。

雖然照片品質不佳，但熟識這名男子的人應該能認出他來。

或許吧。但哈瑪在他們最近的一次會議中說：「我覺得他看起來像米蘭德。」還說：「這是沒有用的，這根本是猜謎競賽。我們可有理由判斷這個人是瑞典人？」

「摩托車。」

「但我們無法確定那是他的車。」

「沒錯。」

「就這樣？」

「對。」

馬丁．貝克將照片放回內袋。他拿起艾柏格的問訊記錄，來回看著幾處，直至發現他想找的東西：

「證：當然，只要他們願意，也能和其他船客一樣享用餐點。通常是坐其他人用餐入座後剩下的空位……」

他的拇指逐字劃過這段話，接著拿出一張汽船公司在這近五年來的全體員工名單。他看著這張表，從抽屜中拿出筆，在其中一個名字旁邊做記號。上面寫著：

歌塔．艾莎克森，女侍，波荷街七號，斯德哥爾摩。一九六四年十月十五號受雇於SHT餐廳；黛安娜號，一九五九年到一九六一年；朱諾號，一九六二年；黛安娜號，一九六三年；朱諾號，一九六四年。

不論是米蘭德或柯柏，都沒找過她問訊。

計程車行的兩支電話都在通話中，最後他決定放棄叫車。他拿起帽子和外套，拉高領子，越過泥濘雪地，朝地鐵站前進。

SHT餐廳的領班神情看來困擾而不悅，不過還是把他帶到歌塔・艾莎克森服務的區域，也就是廚房旋轉門邊的座位。馬丁・貝克坐進靠牆邊的長椅，拿起菜單；他邊讀菜單的同時，也邊掃視整間餐廳。

幾乎所有座位都已客滿，當中只有少數是女性客人，有幾桌則只有男人獨坐，大半是有點年紀的中年男性。從他們和女侍熟稔的態度看來，這些人大多是這家餐廳的常客。

馬丁・貝克看著在旋轉門內外忙進忙出的女侍，猜想哪一個會是歌塔・艾莎克森。他大約花了二十分鐘才得到結論。

她有張渾圓而友善的臉孔，大大的牙齒，頭髮又短又亂，而馬丁・貝克稱她的髮色是「頭髮的顏色」。

他點了一客小三明治、肉丸和安士得啤酒慢慢吃，等著午餐時間的人潮消退。當他用完餐，喝下四杯咖啡後，歌塔小姐負責的其他桌位終於全空，她朝馬丁·貝克走來。

他向她說明來意，並把照片拿給她看。她看了一會兒，把照片放回桌面，答話前還深吸了一口氣。

「是的，」她說，「我認得這男人。我完全不知道他是誰，但他跟著汽船旅行過幾次，我相信朱諾號和黛安娜號都有過。」

馬丁·貝克將照片舉到她面前。

「你確定嗎？」他問，「這張照片不是很清楚，有可能是其他人。」

「對，我很確定。還有，他的打扮一向是這模樣，我認得那件夾克和運動帽。」

「你記得今年夏天是否見過他？那時你在朱諾號服務，對嗎？」

「是的，讓我想想……我不認為我見過。你知道我看過的人那麼多。不過我知道今年夏天之前，我的確看過他，至少有兩次吧。當時我在黛安娜號上，有個和我一起工作的女孩，也是女侍，她認識他。我記得他們會說上話。他不是一般旅客，我想他只會參與一段行程，是個甲板船客。他每次吃飯都坐在第二或第三桌，但不是每餐都會來吃。我想，他通常在哥登堡下船。」

「你的朋友住在哪裡？」

「我不太確定是否該稱她為朋友，因為我們不過是在一起工作而已。我不知道她的住處，但她在季末常會去維克休。」歌塔小姐將身體重心移到另一隻腳上，雙手交叉在左腰前，仰頭看著天花板。

「對，沒錯，是維克休。我想她就住在維克休。」

「你知道她和這名男子的熟悉程度嗎？」

「不，真的不知道，我想她有點像是在和他交往。先前她有時會在工作以外的時間和他碰面，雖然我們不應該和客人混在一起。他看起來挺討人喜歡的，某方面來說算很有吸引力……」

「你能形容一下這個人嗎？我的意思是他的髮色、眼睛顏色、身高、年齡等等。」

「好的。他相當高，我想比你還高，不瘦也不胖，體格可說非常健壯，肩膀挺寬的。我想，他有雙藍眼睛，當然，這點我不是很確定；髮色淡淡的，有人稱那種是灰金色，比我的髮色淡一些；我不常看到他的頭髮，因為他一向戴著那頂帽子。牙齒很好，這我記得很清楚；眼睛是圓的……我的意思是他有點凸眼，但他絕對是好看的那種人。年紀可能是在三十五到四十之間。」

馬丁・貝克又問了一些問題，但沒有得到更進一步的資料。他回到辦公室後又仔細看了一遍名單，很快就發現他要找的人。上面沒有登記住址，只記錄了她在一九六〇年到六三年之間曾受雇於黛安娜號。

他只花了幾分鐘，就在維克休當地電話簿中找到她的名字，打去之後等了好一陣子她才接起電話。她似乎很不願意和他碰面，卻又無法真的拒絕。

馬丁・貝克搭上夜班火車，在清晨六點三十分抵達維克休。那時天色仍暗，空氣潮濕而迷濛。他走過幾條街，看著這座城市漸漸甦醒。七點四十五分，他回到火車站。他忘了套上塑膠鞋套，濕氣穿透了他薄薄的鞋皮。他在報攤買了報紙，坐在候車室的長椅上，邊看報邊將腳抬高，靠在暖氣機上。過了一會兒，他走出去，找了一間已開門營業的咖啡館，進去邊喝咖啡邊等。

他在九點整起身埋單。四分鐘後，他已經站在那個女人的住家門前。門前的金屬名牌寫著「拉森」，上面擺了張名片，以華麗的字體寫著：「西芙・史文森」。

應門的是一名穿著淡藍色浴袍的高大女子。

「拉森小姐？」馬丁・貝克說。

這個女人竊笑一聲便消失在門口。他聽見屋裡傳來的她的聲音：

「卡琳，門口有個男人要找你。」

他沒有聽到任何回應。這名高大的女子又回到門口，請他進門後便消失了。

他拿著帽子，站在窄小陰暗的玄關等候。幾分鐘後，簾幔被人撥開，有個聲音朝著他說：

「請進。」

「沒想到你會這麼早來。」站在裡頭的女人說。

她的深色頭髮中夾雜著幾撮灰髮，凌亂地披散在頸子上；她削瘦的臉小得和身體不成比例。她的五官均衡且漂亮，但膚色灰黃，顯然還來不及上妝。棕色眼睛微微上斜，眼周仍留有上過睫毛膏的痕跡；綠色緊身洋裝緊緊地裹住她的胸部和寬闊的臀。

「我每晚都工作到很晚，所以早上通常也起得晚。」她略帶惱怒地解釋著。

「非常抱歉，」馬丁．貝克說，「有件事我需要你的協助，和你在黛安娜號的工作有關。你今年夏天也在那裡工作嗎？」

「沒有，我今年夏天是在一艘開往列寧格勒的船上工作。」她答道。

她維持站姿，戒心甚重地看著馬丁．貝克。他坐到一張炫麗的安樂椅中，接著將照片遞給她。她接過照片看著，臉上閃過一個旁人幾乎無法察覺的變化——她的眼睛瞪大，但僅僅那麼一瞬間。她將照片還給他時，表情卻是僵硬、冷漠。

「怎麼樣？」

「你認識這名男子，不是嗎？」

「不認識。」她回答得毫不遲疑。

她穿越房間，走到窗前的牌桌旁，從桌上的玻璃盒中取出一根香菸。她點了菸，走到馬丁．

貝克對面的沙發坐下：

「什麼意思？我從沒見過這個人。你為什麼這麼問我？」

她的語調相當平靜。馬丁．貝克看著她好一會兒，然後說：

「我知道你認識他，你是前年夏天在黛安娜號上遇見他的。」

「沒，我從來沒見過他。你最好現在離開，我得回去補眠。」

「你為何說謊？」

「你沒有權利來這裡跟我說這種魯莽的話。你最好照我說的，馬上離開。」

「拉森小姐，你為何不承認你知道他是誰？我知道你沒有說實話。如果你現在不說出實情，往後的發展可能會令你不太愉快。」

「我不認識他。」

「既然我有辦法證明你和這個人相見過好幾次，你最好現在就實話實說。我想知道這照片裡的男人是誰，而你可以告訴我。請你合作。」

「這是誤會，你一定弄錯了，我不認識他。請你離開。」

馬丁．貝克在對話過程中眼神堅定地看著這個女人。她坐在沙發邊角，食指不停地彈著指間香菸，儘管上頭根本沒有菸灰。她神色緊繃，他看到她的下巴不停地顫動。

她在害怕。

他坐在那張花俏的安樂椅中，試著要她說話。但她一言不發，只是固執地坐著，一片片剝下指甲上的橙色指甲油。最後，她起身在房間裡走動，來來回回。馬丁・貝克過了一會兒也站起來，拿起帽子，向她告辭。她沒有回應，只是定定站著，冷漠地背對著他。

「我會再來找你。」他說。

離去前，他在桌上留下名片。

在他回到斯德哥爾摩之前，天色早已暗下。他直接走往地鐵站搭車回家。

隔天早上他打電話給歌塔小姐。這天，她輪值的是下午班，所以她歡迎他隨時過來。一小時後，馬丁・貝克已坐在她的小公寓裡。她在小小的廚房裡煮了些咖啡，為他倒了一杯後，就在他對面的位子坐下。他說：

「昨天我去了一趟維克休，和你的同事談過。她否認自己認識那名男子，而且她似乎在害怕什麼。你可知道她為何不承認她認識他？」

「我完全沒概念。其實我對她所知不多，這個人不是特別健談，我們確實在一起工作過三個夏天，但她很少提到自己的私事。」

「在你印象中，她在你們共事的時候曾提到什麼男人嗎？」

「只有一次。我記得她說她在船上遇到一個好男人，那應該是我們一起工作的第二個夏天。」

她昂首自言自語。

「沒錯，一定是一九六一年那個夏天。」

「她常提到這個男人嗎？」

「偶爾會，她似乎也常跟他見面。他一定參加過幾次航程，或是在斯德哥爾摩還是哥登堡和她碰面；也許他本來就是乘客，也許他是因為她才上船的，誰知道。」

「你從來沒看過這個人？」

「沒有。在你開始問我之前，我從來沒想過這個問題。不過他確實可能就是照片中的男人，雖然她好像在兩年前的夏天才遇見他。那之後她就沒再說過什麼了。」

「她在第一年夏天說了他什麼？一九六一年那時？」

「噢，沒什麼特別的，說他很好呀，我想她是說他在某些方面相當優雅高尚。我猜她的意思是說他很有規矩、很懂禮貌之類的，好像一般人對她而言都不夠好。不過後來她就沒再提他了，我猜他們可能已經結束，或發生了什麼，因為那年夏末她似乎相當沮喪。」

「之後那個夏天，你們有見到對方嗎？」

「沒有，她還是待在黛安娜號，但我在朱諾號。我想，我們有幾次在瓦茲特納見到對方。船會在那個地方交會，但我們從沒說話。再來一點咖啡嗎？」

馬丁・貝克感覺到胃已經不太舒服，但「不」這個字就是說不出口。

「她是做了什麼事嗎？我的意思是，你問了我那麼多問題。」

「沒有，」馬丁・貝克說，「她沒做什麼，只是我們想聯絡上照片中這個男人。妳記得她在前年夏天是否曾說過、或做過可能和這男人有關的事嗎？」

「我不記得。我們共用一個艙房，她有時候會在晚上外出，我懷疑她是和某個男人見面，但我這個人不愛管別人閒事。不過，我知道她不是特別開心，我是說，如果她在和誰談戀愛，應該很快樂才是；但她反而十分神經質，而且悲傷，甚至有點怪異。她在工作季結束前就離開了，我記得還提早了一個月。她是在某天早上忽然不見的，我只好在他們找到人來接替之前獨自工作了一天。他們說她得去醫院，但沒有人知道她出了什麼事。總之，她在那個夏天沒再回來，而我此後也沒再見過她了。」

她為馬丁・貝克多倒了一些咖啡，也給了他幾片餅乾，同時繼續說些不著邊際的話，都是關於她的日常工作、同事和她記得的遊客之類的。他離開時已經又過了一個小時。

天氣好轉許多，街道已近乎全乾，澄淨的天空也撒下了陽光。因為咖啡，馬丁・貝克覺得不太舒服，決定走回他在克里斯丁堡的辦公室。當他沿著北瑪拉史川區的河邊走著時，他想著從兩名女侍身上探得的資訊。

從卡琳・拉森那兒毫無所獲，但這趟維克休之行至少讓他確信，她一定認識那個男人，但是不敢提及。

從歌塔・艾莎克森那兒他獲得的是：

卡琳・拉森在一九六一年夏天在黛安娜號上認識一名男子，此人可能是甲板船客，可能在當年夏天隨船隻旅行過數次。

兩個夏天之後，在一九六三年的夏天，她也遇見一個男人，可能是個甲板船客，不時隨船旅行。根據歌塔・艾莎克森的說法，這個男人已可確認為照片中的男子。

她在這個夏天很沮喪，而且神經質，並在八月初工作季結束之前就辭去工作入院。

他不知道她離開的原因，也不知道是哪家醫院、待了多久。唯一解開謎題的機會，就是直接去問她本人。

他一回到辦公室就立刻撥到維克休，但無人接聽。他猜想她可能睡著了，或是值早班工作。

整個下午和傍晚他又打了好幾次。

隔天下午二點，在他打了第七次之後，終於有了回音。從聲音聽來應該是那名穿著藍色浴袍的高大女子來接聽。

「不，她不在。」

「什麼時候出門的？」

「昨晚離開的。請問你是哪位？」

「她的好朋友。她去哪裡了？」

「她沒說，不過我之前聽到她在打電話問前往哥登堡的火車班次。」

「你還聽到其他什麼嗎？」

「好像是她要到某艘船上工作。」

「她是何時決定要去的？」

「這決定一定非常匆促。昨天早上有個男人來找她，之後她就決定要走。她整個人似乎都變了個樣呢……」

「你知道她要到哪艘船上工作嗎？」

「不知道，這我就沒聽到了。」

「她會去很久嗎？」

「她沒說。如果她和我聯絡，你需要我轉達什麼嗎？」

「不用，謝謝你。」

她跑掉了，以最快的速度。他確定她已經在某艘追不到的船上工作。如今他更確信自己先前的猜想。

某個人或某件事一定讓她怕得要死，而他一定要找出原因。

21.

維克休醫院的人員很快就找到他所需的資料。

「拉森……卡琳．伊莉莎白。是的，沒錯，去年八月九日的確有個病人用這個名字來看診，女性臨床醫學科，入院後一直住到十月一日。為什麼住院？這恐怕你得和主治醫生談。」

該科醫師說：「是的，很可能我還記得。我先找病歷，再回電給你。」

等待之際，馬丁．貝克看著照片，以及他和歌塔．艾莎克森見面的相關記錄。記錄雖不完美，總比幾個小時之前所寫的那份好得多：

「身高：約六呎一吋。體格：正常。髮色：灰金。眼睛：可能為藍色（綠或灰），圓眼微凸。牙齒：健康的白色。」

醫生在一小時後回電，他找到病歷了。

「對，跟我記得的一樣。她在八月九日晚間獨自就診。我記得他們喊我為她看診時，我正要回家。那時他們已經把人送進檢查室，她的外陰部血流不止。很明顯已經出血一段時間，因為她已大量失血，臉色非常差。當然，還沒有直接危險。我問她出了什麼事，但她拒絕回答。在我這科，病人不願意討論出血原因是很普遍的，但你可以自己猜，而且通常早晚會有答案。不過這位病患一開始什麼也不說，之後甚至還撒謊。需要我直接讀病歷給你聽嗎？或是要我用比較簡單的敘述？」

「好，謝謝你，」馬丁・貝克說，「我的拉丁文不太好。」

「我也是。」醫生說。

醫生來自瑞典南部，說起話來冷靜平穩，有條不紊。

「我剛說了，她大量出血，而且有疼痛感，所以我們為她進行注射。出血來自子宮頸及陰道傷口。在子宮頸和陰道壁深處，可看出有硬而銳利的物體造成的傷口。陰道開口處肌肉有裂痕，顯然這致傷的物體相當粗糙。沒錯，有些女性在墮胎時，會因手術不順或疏忽，甚至自己進行墮胎，而造成可怕的傷口；但我可以說，我從未見過任何墮胎手術會導致她那種情況；而且，看起來絕對不可能是她自己造成的。」

「她有說是她……她自己造成的嗎？」

「有，她終於開口時就是這麼說。我試圖導引她說出實情，但她只是一再重覆說是自己造成的。我不相信，而且她也知道我不相信，所以最後她也不打算說服我，只是像一張壞掉的唱片，不斷反覆說『是我自己弄的，我自己弄的』。奇怪的是，她根本沒懷孕。她的子宮雖有受傷，但如果她懷孕，那也是在非常初期的狀態，她不可能自行察覺。」

「依你看，發生什麼事？」

「是某種變態狂。這聽起來有點瘋狂，但我幾乎能確定她這麼做是想保護某個人。我很擔心她的情況，雖然我們可以讓她早點離開，但我還是讓她留院住到十月一日。此外，我也沒放棄，希望她能在住院時願意說出經過。但她只是不斷否認任何事，最後我們只好放她回家。我盡力了。這件事我向幾位警界朋友提過，他們應該有做些調查吧，只是一直沒結果。」

馬丁．貝克一語不發。

「如我方才所說，我不知道到底發生什麼事，」醫生說，「但那可能是某種武器，很難說是什麼。可能是個瓶子。她怎麼了嗎？」

「沒事。我只是想和她談談。」

「恐怕不容易。」

「的確，」馬丁．貝克說，「謝謝您的協助。」

他將筆放回口袋，本子上什麼也沒記下。

馬丁．貝克的指尖按揉著髮際，看著照片中頭戴運動帽的男子。

他想到維克休的那個女人，她的驚懼程度使得她頑固且小心翼翼地隱瞞事實，現在甚至躲起來逃避問題。他看著照片喃喃自語「為什麼？」，但他知道，這問題其實只有一個答案。

電話又響了，是剛剛那位醫生。

「我忘了說一件事，但你可能會想知道。那位病人早先也曾來過醫院，正確點說是一九六二年十二月底。我之所以忘記，是因為當時我放假，也因為她之前是到別科就診。但我在診療她時曾在病歷上讀到一段記錄。那次，她斷了兩根手指，是左手食指和中指。那次她一樣拒絕透露事情經過。有人問她是不是因為跌下樓梯，一開始她回答『是』，但根據她的主治醫生說，看起來不像。因為兩根手指都是向手背方向倒折斷掉的，而且她身上沒有其他傷痕。這件事我只知道這麼多，我們沿用一般病例的處理方式，為她打上石膏，她也正常地復原了。」

馬丁・貝克道謝後掛上電話，隨即又撥往ＳＨＴ餐廳。他聽到廚房傳來一堆噪音，還有人就在電話邊喊著「三塊牛肉送林史敦」。幾分鐘後，歌塔・艾莎克森過來接聽。

「這兒好吵，」她說，「她那次生病時我們的船停在哪兒？嗯，我還記得，當時我們停在哥登堡。隔天早上，船要啟程時我們找不到她人，而且直到進了土利波達我們才找到人代替她。」

「你們到哥登堡時都住在哪裡？」

「我習慣住在郵政街的救世軍旅館，但我不知道她住哪兒。不是船上，就是其他旅館吧。抱歉我不能多說了，店裡好多客人在等。」

馬丁．貝克撥電話到莫塔拉，艾柏格靜靜地聽著。

「她一定是從哥登堡直接跑到維克休那家醫院，」靜默許久，他終於開口。「我們得找出她八月八日和九日晚上待在哪裡，一定是那時候發生的。」

「她當時身體很差，」馬丁．貝克說，「奇怪的是，她在那樣的狀態下竟能獨自撐到維克休。」

「也許做出這事的人就住在哥登堡。這種事情應該是在他自己家裡幹的。」

艾柏格停頓了一會兒又說：

「他要是再犯，我們一定能逮到人。她雖然嘴上不說他是誰，但必然知道他的名字。」

「她很怕，」馬丁．貝克說，「事實上是怕得要死。」

「你想我們已經找不到她了嗎？」

「是的，」馬丁．貝克回道，「她很清楚自己為什麼要逃走。就我們推測，她有可能失蹤個好幾年；我們也知道她幹嘛去了。」

「幹嘛去了？」艾柏格問。

「逃命。」馬丁．貝克說。

22.

遭人踩踏而髒污的雪就堆放在街上，半融的積雪從屋頂上落下，從掛在里潔林街兩旁大樓之間、成串碩大的黃星星縫間墜落。儘管再過一個月才是耶誕節，這些星星在那兒卻已經掛了好幾週了。

行色匆匆的人群擠滿人行道，街上交通川流不息，偶爾會有一輛車加速鑽進車列縫隙，將泥巴雪噴得到處都是。

巡邏警員倫柏格大概是唯一沒那麼匆忙的人。他背著雙手，沿著里潔林街向南走，在一列滿是耶誕裝飾的櫥窗前停下。溶雪從屋頂掉落，重重打在他的帽子上，穿著橡膠套鞋的一雙腳踩得地上積雪吱吱作響。接近「北客」飾品店時，他轉進人車比較少的史瑪藍街。他小心翼翼地順著山坡往下走，來到曾是傑可柏警局的小屋前，他停步，倒掉帽子上的融雪。倫柏格是新進警員，對這間已併入克萊拉分局的舊警局印象不深。

編制在克萊拉分局的倫柏格警員是來史瑪藍街出勤的。他走進諾藍街角的一間咖啡店，上級要他到這兒找某位女侍取回一只信封。

他邊等，邊靠著櫃台，四處打量。現在是早上十點，店裡只有三、四桌客人，有個男人就坐在他對面，桌上擺著一杯咖啡。倫柏格覺得這張臉似曾相識，於是不斷回想。這男子正往褲袋裡找錢，並把目光從倫柏格身上移開。

倫柏格覺得頸上毛髮直豎。

是古塔運河上那個傢伙！

他幾乎可確定那就是他。他在警局裡看過照片好幾次，此人的容貌已深刻烙印在他腦海中。他在急切之中差點忘了拿那只信封，因為拿到時，那人已經把零錢擱在桌上，起身要走了。他沒戴帽子，也沒穿大衣，正朝大門走去。倫柏格確定此人的身高、體型和髮色都和描述中相同。

他透過玻璃門看到男子向右轉，他對女侍彈了彈帽子，接著趕緊跟了出去。這男子向前走了三十呎，走進一間車庫內，倫柏格趕到時剛好看到門關上。門上漆著：「賈安．艾里克森搬家公司」。門的上半鑲著玻璃窗，倫柏格慢慢走近，想在經過時透過窗子瞄一下屋內，但他只看到門內右方有另一扇玻璃窗。屋內有兩輛車門漆著「賈安．艾里克森搬家公司」的卡車。

他繞回來再走一次，這次他走得更慢、頸子伸得更長、看得也更仔細。玻璃窗內有兩三條有門的通道，通道盡頭是一條走廊。最靠近外面的那扇門上有片玻璃，上面寫著「出納」兩字，旁邊的門上寫著「佛基．班特森先生辦公室」。

那個高個兒男人就站在櫃台後面講電話，他面朝窗戶，背對著倫柏格，身上的夾克也換成了黑色的薄西裝，一隻手還插進口袋。老遠又從走廊來了個人，穿著風衣和皮帽，手上拿著幾張文件。他開門朝外張望幾眼，看到還在門外冷靜觀察著的倫柏格。

他剛完成警察生涯的第一次跟蹤。

•

「這下可好，」柯柏說，「我們可以開張了。」

「他大概是在十二點吃午餐，」馬丁．貝克說，「你要是心急，現在就去吧。這個倫柏格也真夠機伶的——如果他沒看錯的話。可能的話，下午打個電話回來，史丹斯壯可以去接替。」

「我想我可以撐一整天，叫他晚上再來換班吧！再見。」

十一點四十五分，柯柏就定位。那間搬家公司的對街有家酒吧，他就坐在窗邊。他面前的桌上擺著一杯咖啡和一只紅色小花瓶，瓶內插著一枝垂頭喪氣的鬱金香，一段常春藤，和一個蒙塵的耶誕老人塑膠偶。他慢慢啜著咖啡，眼睛片刻不離對街的車庫車道。他猜街道左邊的五扇窗戶都屬於這家搬家公司，但因為玻璃下半部都塗有白漆，所以他看不到玻璃後方的任何動靜。

當車門寫著這家公司名稱的貨車駛出車道時，柯柏看著鐘，十一點五十七分。兩分鐘後，辦公室門開了，一名高瘦的男子身穿暗灰色大衣，頭戴黑帽走出來。柯柏把錢往桌上一放，抓了帽子起身，目光仍緊盯著他。男子步下人行道，穿過馬路，經過酒吧。當柯柏踏出門時，看見他轉往諾藍街。他才跟沒幾步，就看見他走進六十呎外的自助餐店。

櫃台前有一排人，這人也在當中。輪到他時，他拿了餐盤，抓了一小罐牛奶、一些麵包和奶油，還在窗口點了東西，付完錢後找了張空桌，背向柯柏坐下來。

窗口的女侍喊了「鮭魚一條！」，他起身去取餐。他慢慢地、專心地吃著，只有在喝牛奶時才抬起頭。柯柏叫了杯咖啡，挑了一個位子，好看清楚男子的長相。過了一會兒，他更加確信他就是照片上的那個人。

他飯後沒喝咖啡，也沒抽菸，仔細擦過嘴巴後就拿起帽子和大衣離開。柯柏跟蹤他走下漢姆街，又跟著穿越國王花園。男子走得相當急促，柯柏保持六十呎的距離，尾隨他經過東方小道。男子到了莫林噴水池時向右轉，繞過半是污雪半是水的池子，繼續走回西街。柯柏跟著他經過「維多莉雅和白蘭琪」咖啡店，走向漢姆街到史瑪藍街。之後他又過街，身影消失在車道門後。

「好耶，」柯柏想，「還真是刺激。」

他看看錶，午餐和這場散步共費時四十五分鐘。

整個下午平靜無波。貨車都空車回來，眾人進進出出，一輛廂型車開出去又開回來，兩輛卡車又再開出去，其中一輛回來時，差點兒撞上正要出門的廂型車。

四點五十五分，一位卡車司機走出車道，身邊有一位頂著一頭濃密灰髮的女人。五點整，另一位司機也走了出來。第三位司機還沒把車開回來。又有三個人跟著他走了出來。他們過街走進酒吧，粗聲地點了啤酒；酒來了，眾人倒也安安靜靜地喝著。

五點五分，那個高瘦的男子走出來了。他站在門口，從口袋掏出鑰匙圈將門鎖上。他把鑰匙圈放回口袋，確認門已鎖好後，才走向街上。

柯柏穿上外套時，聽到喝啤酒的一個人說：「佛基要回家囉！」

另一個說：「光棍一個，沒事幹嘛回家呢！他大概不知道自己有多幸福。你真該聽聽昨晚回家時我老婆是怎麼囉嗦的，真夠受的！不過是下班後先繞到酒吧喝點啤酒而已嘛！我敢說……」

柯柏沒再聽下去。毫無疑問，那個逐漸走遠的高瘦男子無疑就叫佛基．班特森。柯柏到了諾藍街才又追上他。他穿過人群走向漢姆街，又穿過馬路到北客飾品店對面的公車站。

柯柏趕到時，班特森後面已經排了四個人。他只希望巴士別太擠，才能和班特森搭上同一班車。班特森排隊時只顧看著前方，像是在注意北客飾品店的耶誕櫥窗裝飾。巴士來了，他大步跳上車，而柯柏正好趕在車門關上之前擠進去。

男子在聖艾里克廣場下車。此時的交通正繁忙，他花了幾分鐘，才穿過紅綠燈走到廣場另一邊，走進洛司坦街上的一間超市。

出來後，他沿著洛司坦街走到柏克街口，快速地過街，走進一扇門內。過了一會兒，柯柏跟到門前，望了望郵箱上的名牌。這棟房子有兩個出入口，一個在街邊，另一個在花園裡。柯柏暗自竊喜，因為他看到這個班特森就住在三樓靠街的公寓。

他站在對街的門口，抬頭望向三樓。四扇窗戶裝著華麗的薄紗窗簾，窗外還擺了許多盆栽。多虧酒吧裡那個大嘴巴，柯柏得知班特森單身，因此這些窗戶裡住的顯然不是他。於是他專心看著另外兩扇窗戶。其中一扇開著，正當柯柏看向它時，另一扇內的燈亮了，他猜測這間可能是廚房。他能看到天花板和牆壁的上半部，有幾次他還看見有人走動，但無法確定那是班特森。

過了二十分鐘，廚房熄燈，但另一間的燈亮了。沒多久，班特森就出現在窗邊。他打開窗，探出身子。之後，他又關上窗子，連百葉窗也拉下來。黃色的百葉窗透著光，柯柏可以看見班特森的翦影逐漸走進房內。這兩扇窗戶應該沒有加上厚布窗簾，因為百葉窗兩邊都洩出一大束的光。

柯柏趕緊離開，打電話給史丹斯壯。

「他在家裡了。如果我九點前沒再和你聯絡，你就來換班。」

九點過八分，史丹斯壯到了。這期間除了廚房在八點時熄燈之外，什麼事也沒發生。現在室內只剩微弱的暗藍色光，從百葉窗透了出來。

史丹斯壯的口袋裡斜插著一份晚報，他認為那男子可能正在看美國長片。

「沒錯，」柯柏說，「我十年、還是十四年前看過那部片子。結局很棒，除了那個女孩，所有人全部死光光。我現在要走了，說不定還看得到一些片尾。六點以前打電話給我，我會來換班。」

隔天早晨寒冷但晴朗。三樓房間裡的燈在昨晚十點半就關了，之後一直很平靜。早上七點一到，史丹斯壯趕忙到聖艾里克廣場打電話。

「小心別凍死。」史丹斯壯離開前說。當那名高瘦男子開門走出來時，柯柏很高興終於可以活動活動了。

班特森還是穿著同一件外套，但改戴一頂克里米亞帽。他走得很快，呼出的氣息就像一陣白煙。他在聖艾里克廣場搭上巴士到漢姆街，就快八點時，柯柏看到他走進那間搬家公司。

幾個小時過後，他出門到隔壁的咖啡店點了兩份三明治和一杯咖啡。十二點整，他到昨天那家自助餐店吃飯，吃完飯在例行的散步後便回到辦公室。五點六分，他鎖上門，搭公車回聖艾里克廣場，在麵包店買了些麵包後便返家。

七點二十分，男子又從前門離家。他走到廣場後右轉，上了橋之後閃進國王島街上的一間屋子。門上閃著「保齡球」這三個大字的紅光。柯柏在門外站了一會兒才推門進去。

保齡球館內有七個球道，走廊盡頭是一方小酒吧，擺了幾張小圓桌和椅子。各種迴音和笑聲充塞室內，他不時會聽到球滾動和繼而擊倒球瓶的碰撞聲。

柯柏到處都看不到班特森的身影，卻很快就看到昨天在酒吧裡喝著啤酒的兩個男人。他們圍坐在一張桌邊，柯柏退到門邊，以免被他們認出。過了一會兒，第三個人和班特森一起走了過來。輪到他們打球時，柯柏就離開了。

這一夜，班特森在十一點熄燈，但柯柏在這之前早就回家睡覺了。此時他的同事正全身裹成一團，在柏克街上走來走去。史丹斯壯感冒了。

隔天是週三，狀況和前幾天差不多。史丹斯壯感冒好了些，整個白天都泡在史瑪藍街的咖啡店裡監視著。

班特森在這一晚去看了電影。當螢幕上那個半裸的金髮美國先生正奮力和遠古怪獸纏鬥時，柯柏就坐在班特森後方五排處盯著他。

隨後兩天也是大同小異，史丹斯壯和柯柏輪流監視著這個男人貧乏、又單調的生活。柯柏又進了同一家保齡球館，他發現班特森的球技一流，而且多年來每週二都和這三個同事一起打保齡球。

監視行動的第七天是週日。史丹斯壯報告說，那天唯一有趣的是有一場曲棍球比賽，瑞典對捷克。他和班特森都和現場一萬名觀眾共襄盛舉。

柯柏在週日晚上發現了一個新的監視據點。

持續監視到第二個禮拜六時，班特森在十二點零二分時走出辦公室，鎖好門後走向里潔林街。柯柏想：「咱們要到魯溫布勞喝杯啤酒了。」沒多久後，班特森果然推開那家啤酒店的大門，但柯柏只能站在皇后街口咬牙切齒。

那一晚，他回去克里斯丁堡的辦公室一趟，查看那些從影片翻拍出來的相片。他不知道自己到底看過幾次了。

他一張張地仔細審視。儘管難以置信，他還是在當中看到他監視了兩個星期、生活平凡無奇的男子。

23.

「八成找錯人了！」柯柏說。

「你累了嗎？」

「別誤會，我不是因為每晚都得在柏克街的別人家門口站著打瞌睡才這麼說，只是……」

「怎樣？」

「這十四天來，至少有十天是這樣的：早上七點，他打開百葉窗；七點零一分，他開窗。七點三十五分，他關上窗子；七點四十分，他走出前門，到聖艾里克廣場搭五十六路巴士，坐到里潔林街和漢姆街口，然後到公司，在七點五十九分開門。十點整，他會到城市咖啡店喝兩杯咖啡，吃一個起司三明治。十二點一分，他會在兩家自助餐店中擇一吃午餐。他吃……」

「吃什麼？」

「魚或是烤肉。他十二點二十分吃完中餐，在城內簡單散個步後才回去工作。五點零五分，他會鎖上公司大門，回家。天氣要是不好，他會搭五十六路巴士，不然他就走里潔林街、國王街、皇后街、感化院路、烏普蘭街和觀景街，穿過伐沙公園和聖艾里克廣場，再經柏克街回家。他偶爾會在途中進一家客人不多的超市購物。他每天都買牛奶和蛋糕，至於麵包、奶油、乳酪和果醬則是隔幾天買一次。這兩個禮拜三，他都去看七點的電影，都是喧嘩笑鬧的片子，而我是唯一被迫看完全場的人。他在回家路上會買一根沾滿芥末和番茄醬的德國香腸來吃。這連續兩個週日，他都搭地鐵去體育館看冰上曲棍球賽，史丹斯壯也只好跟著去。連著兩次禮拜二，他都和三個公司同事去打保齡球。他在週六都工作到十二點，然後到魯溫布勞酒吧喝杯啤酒，還會加點一份香腸沙拉吃，之後才回家。他在街上不會亂瞄女孩子，有時會在戲院、店櫥窗或五金行前駐足，看看店家的海報。他沒買報紙，也沒有訂閱，但有兩本雜誌卻會買，一是《紀錄》雜誌，另一本則和釣魚有關，但我忘了叫什麼。他住處地下室沒有停放什麼藍色摩納克摩托車，卻有一部紅色的史瓦倫摩托車。紅色這輛是他的。他很少收到郵件，也不跟鄰居往來，不過在樓梯間碰到時倒是會互打招呼。」

「他看起來如何？」

「我知道個屁！」柯柏說。

「我是說真的。」

「他看來健康、冷靜、強壯，有點木訥。他每晚都會打開窗子，舉止自然而正常，穿著整齊，也不像個神經質的人。他從沒出現過慌亂匆忙的樣子，也不拖泥帶水。他應該是那種抽菸斗、好整以暇的人，不過他沒抽菸。」

「他有注意到你嗎？」

「我不認為。有也不會是我。」

他們靜靜坐著，看著窗外雪花成片飛落。

「你知道，」柯柏說，「我們當然可以繼續這樣跟監，跟到明年夏天他去度假為止，這倒也很神勇；不過，政府真負擔得了兩個號稱精明幹練的偵查員……」

他說到一半忽然頓住。

「說到幹練，嘿，昨晚我站崗時，有個醉漢對我喊了一聲『砰！』，嚇得我差點沒得心臟病——」

「他到底是不是我們的嫌疑犯？」

「如果從影片上判斷，的確是。」

馬丁．貝克坐在椅子上搖著。

「好吧，請他來接受問訊。」

「這時候？」

「對。」

「誰去？」

「你，在他下班後，以免他忘記鎖門什麼的。帶他到你的辦公室做身家調查。做完後打給我。」

「來軟的嗎？」

「當然。」

•

十二月十四日早上九點半，馬丁・貝克先前在警政署耶誕宴會中吃下的那些東西仍在肚子裡作怪，那是些沒發好的蛋糕，和兩杯幾乎沒多少酒精的熱紅酒。

他抽空撥個電話給莫塔拉的艾柏格，還有林策平的檢察官。沒想到，他們的回答都是：「我立刻趕過去。」

他們大約在三點鐘趕到，檢察官還是經由莫塔拉過來的。他和馬丁・貝克閒聊幾句後就走進哈瑪的辦公室。

艾柏格則在馬丁・貝克辦公室裡坐了兩個小時，但也只和他談了些案情而已。艾柏格說：

「你認為是他嗎？」

「我不知道。」

「一定是。」

「是吧。」

五點過五分有人敲門，是檢察官和哈瑪。

「我想你逮對人了，」檢察官說，「你看著辦就好。」

馬丁・貝克點點頭。

「喂，」柯柏說，「有空上來一下嗎？我提過的佛基・班特森在這兒。」

馬丁・貝克放下聽筒，他起身走向門口時望了望艾柏格。但兩人都沒說話。

他上樓時走得很慢，儘管主持過上千次審訊，此刻，他卻覺得胃部有些奇怪的絞痛感，左胸口也是。

柯柏脫了夾克站著，手肘卻撐在桌上，看來冷靜而愉快。米蘭德背對他及班特森坐著，平靜地看著他的文件。

「這位是佛基・班特森。」柯柏站直了腰說。

「貝克。」

「班特森。」

他們握握手。柯柏穿上夾克。

「我得走了，再見。」

馬丁・貝克坐下來。柯柏的打字機裡有一張紙，他把紙稍微拉出來，唸道：「佛基・連納・班特森，經理，一九二六年八月六日生於斯德哥爾摩的古斯塔夫伐沙教區，未婚。」

他看著這個男人。班特森有一雙藍眼和一張大眾臉；頭上有幾絲灰髮，不像神經質的人。總之，沒什麼特別的。

「你知道我們為何請你來這兒嗎？」

「老實說不知道。」

「可能你可以幫我們一點忙。」

「是什麼？」

馬丁・貝克望向窗戶說：

「要開始下大雪了。」

「嗯，沒錯。」

「去年夏天七月的第一週你人在哪裡？記得嗎？」

「應該記得。那時我去度假。我現在工作的這家公司，在六月後休業了四週。」

「然後？」

「我去了好幾個地方，其中兩週在西岸。我休假時常去釣魚，冬天至少也會去個一週。」

「你怎麼去？開車嗎？」

班特森微笑著。

「不，我沒車，甚至也沒駕照，我騎摩托車。」

馬丁・貝克靜靜坐著。

「聽起來不錯。我也有一輛老摩托車。你的是哪一種？」

「那時我騎摩納克，不過今年秋天才剛換了新車。」

「你還記得假期怎麼過的嗎？」

「當然記得。我頭一週都待在曼姆市，那是在東哥特海岸，也是古塔運河的起點；接著我去了波哈斯區。」

馬丁・貝克起身走向水壺，那就放在門邊一份檔案夾上。他看著米蘭德，然後走回來，掀開錄音機罩子，插上麥克風。班特森看著錄音機。

「從曼姆到哥登堡這段路，你是搭船嗎？」

「不是，從索德策平才開始。」

「你搭哪一艘船？」

「黛安娜號。」

「你何時動身的？」

「我不太記得了，七月初吧。」

「船上可有發生什麼特別的事？」

「沒有，我記得是沒有。」

「你確定？再想想看。」

「噢，對了。那艘船引擎出了問題，不過那是在我上船之前。因為這樣，船才延誤，不然我也趕不上。」

「你到了哥登堡後做了哪些事？」

「船是一大早到哥登堡的。我從那裡到一個叫漢伯桑的地方，我在那裡訂了一個房間。」

「你待了多久？」

「兩個禮拜。」

「那兩個禮拜你在做什麼？」

「跟平常一樣啊，就是釣釣魚。不過天氣不好。」

馬丁・貝克打開柯柏的桌子抽屜，拿出三張羅絲安娜・麥格羅的照片。

「你認識這個女人嗎？」

班特森注視著照片，一張一張慢慢看，表情毫無變化。

「她的臉看起來很熟，」他說，「她是誰？」

「她當時也在黛安娜號上。」

「噢，我想我記得。」他無動於衷地說。

他再看了看照片。

「不過我不很確定，她叫什麼名字？」

「羅絲安娜・麥格羅，是個美國人。」

「我想起來了，對，沒錯，她是在船上。我和她聊過天，盡我所能地說英語囉。」

「那之後，你再也沒見過或聽過她的名字？」

「沒有，是沒有，我是說，今天之前沒有。」

馬丁・貝克緊盯著這個男子的眼睛，那當中有一種冷淡、冷靜，又帶點疑惑。

「你不知道羅絲安娜・麥格羅已在旅途中遭人殺害嗎？」

他的臉上有種表情一晃而過。

「不知道……我真的不知道。」

他皺起前額。

「真的嗎？」他突然補上一句。

「你居然毫無所悉，這太奇怪。老實說，我不相信。」

馬丁・貝克有種感覺，眼前這個人已經沒在聽他說話了。

「難怪。現在我知道為什麼我會被帶來這裡了。」

「你有聽到我剛才說的嗎？現在到處都在大肆報導這起事件，而你竟說你完全不知道，這實在奇怪。我實在不相信。」

「如果我真的知道這件事，我一定會主動來找你們。」

「主動來？」

「對，來當證人。」

「證明什麼？」

「證明我見過她。她是在哪裡被殺的？哥登堡嗎？」

「不是，是在船上，就在她房裡。」

「這不可能吧。」

「為什麼？」

「一定會有人聽到，當時每間房都有人住。」

「更不可能的是你居然不知道這件事。我認為這難以置信。」

「等等，這我能解釋，因為我從來不看報紙。」

「但廣播也報導過多次，電視新聞也是。這張照片在《今日報》上登了好幾次。你難道沒有電視嗎？」

「當然有，不過我只看有關大自然的節目和電影長片。」

馬丁・貝克靜靜坐著，瞪著他。一分鐘後他說：

「你為什麼不看報紙？」

「他們登的我都不感興趣。報紙上都是些政治，還有……對呀，就是你說的那些謀殺、意外事件，以及其他不幸的事。」

「你從來不讀任何東西嗎？」

「當然有，我會讀一些關於運動、釣魚和戶外生活的雜誌，有時也讀一些冒險小說。」

「哪些雜誌？」

「《運動家》，可以說每期都買，《運動大全》和《紀錄》我也常買，還有《雷克踢》，這本我從小就開始看了。有時也會買一些美國的釣魚或運動雜誌。」

「你常和同事聊時事嗎？」

「沒有，他們了解我，也知道我不感興趣。當然，他們彼此會閒聊，但我很少聽。這絕對是真的！」

馬丁・貝克沒說話。

「我知道這聽來確實很怪，但我只能說這千真萬確，你得相信我。」

「你有信仰嗎？」

「沒有。為什麼問這個？」

馬丁・貝克拿出一支菸遞給他。

「不，謝謝。我不抽菸。」

「你喝酒嗎？」

「我喜歡啤酒，週六下班後我常去喝一兩杯，但我不喝烈酒。」

馬丁・貝克定定看著他，但班特森無意迴避他的目光。

「好吧，至少我們終於找到你了。」

「哦。你們怎麼辦到的——我是說，怎麼知道我在船上？」

「噢，那是碰巧，剛好有人認出你。情況是這樣的，目前為止，在我們連繫上的人當中，你是唯一和這個女人說過話的。你怎麼搭上她的？」

「我想想……我想起來了，她那時剛好站在我旁邊，而且問了我一些事。」

「然後呢？」

「盡我所能地回答啊！我的英文不太好。」

「但你不是常看美國雜誌？」

「沒錯，所以我才常找機會和老英及老美聊天，練習一下。不過這種機會不多。我大概每週會看一場美國電影，什麼片都行，也常看電視上的偵探片，雖然我對情節不感興趣。」

「你和羅絲安娜．麥格羅談過話，你們都談些什麼？」

「這個嘛……」

「回想看看，可能很重要。」

「她聊了些她的私事。」

「例如？」

「像是她住哪裡，不過我不記得她說的地方。」

「有可能是紐約嗎？」

「不是，她提到美國的某個州，可能是內華達。我真的不記得。」

「還有什麼呢？」

「她說她在圖書館工作，這我記得很清楚。她還說她去過挪威的北角和拉普蘭，而且見過午夜的太陽。她還問了一大堆事。」

「你們常在一起嗎？」

「哦，我不認為，我只和她聊過三、四次。」

「什麼時候？在旅程中的哪一段？」

班特森並未立即回答。

「應該都在第一天吧。我記得是在貝格和勇司布洛之間。船在水閘之間時，很多旅客都下船去觀光，那時我們在一起。」

「你對這運河區了解嗎？」

「相當了解。」

「你之前去過？」

「去過幾次。如果船期適合，我常會在旅遊計劃中走一段水路。這些老舊的船已經所剩不多，搭起來很棒。」

「去過多少次？」

「這我無法立刻回答，得要算一算。不過，這些年來一定至少有十次，而且每次行程都不同，只有一次全程都在船上，那次是從哥登堡到斯德哥爾摩。」

「你都是買甲板乘客的票嗎？」

「對，全程艙位需要很早預定，而且也比較貴。」

「沒有艙房不是比較不舒服嗎？」

「才不會。如果你願意，可以睡在甲板下交誼廳的沙發。我對這種事情沒那麼挑剔。」

「嗯，你遇到羅絲安娜·麥格羅。你記得船到勇司布洛時，你們還在一起，但之後呢？」

「我想，稍後也曾在偶然相遇時交談過。」

「什麼時候？」

「我不太記得。」

「在勇司布洛之後的旅程你見過她嗎？」

「我真的不記得了。」

「你知道她的房間號碼嗎？」

沒有回答。

「你聽到我的問題嗎？她的艙房在哪兒？」

「我正在努力想。不，我想我一直都不知道她的房號。」

「你沒進去過她的房間？」

「沒有。艙房通常都非常窄小，而且都住了兩個人。」

「都是這樣嗎？」

「也有些例外，是有幾間單人房，但不多，而且還很貴。」

「你知不知道羅絲安娜・麥格羅是不是獨自旅行？」

「我沒想過這問題，我記得她也都沒說。」

「你從來沒和她一起進過她的艙房？」

「沒有，絕對沒有。」

「你們在勇司布洛時聊些什麼？」

「我記得我問她想不想去看看伏瑞塔修道院的教堂，就在附近而已。但她不想去。而且，我其實不確定她是不是有聽懂我在問什麼。」

「你們還說些什麼？」

「我記不清楚了，應該沒什麼特別的。我想我們沒聊多少。我們上岸沿著運河走了一段路，很多人也這麼做。」

「你看過她和別人在一起嗎？」

班特森靜靜地坐著，面無表情地望向窗戶。

「這個問題很重要。」

「我了解，我努力在想。我站在她旁邊時，她應該和別人聊過天，某個美國人或英國人吧，但我沒有特別記得誰。」

馬丁．貝克站起來走向水壺邊。

「你要喝點什麼嗎？」

「不必了，我不渴。」

馬丁．貝克喝了杯水，走回來，按了桌子底下的按鈕，關掉錄音機，拿出磁帶。

一分鐘後，米蘭德進門來到他的桌邊。

「請幫忙保管這個。」他說。

米蘭德拿了磁帶走出去。

這個名叫佛基・班特森的男子仍然直挺挺坐著，藍色的眼睛毫無情緒地看著馬丁・貝克。

「剛才我說過，你是我們所知唯一記得或說承認和麥格羅小姐說過話的人。」

「我知道。」

「不可能是你殺了她吧？」

「不，絕不是我。你信不信呢？」

「一定有人殺了她。」

「我甚至連她死了都不知道，更別說記得她的姓名了。我知道你一定不相信……」

「如果我認為你會承認，就不會用這種語氣問你這個問題。」馬丁・貝克說。

「我知道……我想，你是在唬弄我吧？」

「不是。」

他仍然靜靜地坐著。

「如果我告訴你，我們可以確定你進過這女人的房間，你怎麼說？」

他停了有十秒鐘沒回答。

「你一定弄錯了。但是你若不確定，應該不會這麼說，對不對？」

馬丁・貝克沒說話。

「即使有，那也一定是在不自覺的情況之下，所以現在才會忘了。」

「你通常都知道自己在做什麼嗎？」馬丁．貝克問。

班特森的眉毛微微揚起。

「我一向知道，」接著，他很肯定地說：「我沒進去過。」

「你知道，」馬丁．貝克說，「這案子相當令人混亂。」

「感謝上帝，這句話沒錄下來，」他心裡想著。

「我知道。」

馬丁．貝克塞了根菸到嘴裡，點燃。

「你結婚了嗎？」

「沒有。」

「你可有和任何女人維持穩定關係？」

「沒有。我堅定抱持單身，很習慣獨自生活。」

「你有兄弟姊妹嗎？」

「我是獨生子。」

「小時候和父母同住嗎？」

「和我媽。我爸在我六歲時過世了，我不太記得他。」

「你從未和女人有過關係？」

「我當然不可能毫無經驗，我都快四十歲了。」

馬丁·貝克定定看著他。

「你需要女人時，通常是找妓女嗎？」

「從來沒有。」

「可以告訴我一個和你交往過的女人的名字嗎？不管時間長短。」

「或許可以，但我不打算告訴你。」

馬丁·貝克把抽屜拉開一點，望一望裡面。之後，他的食指沿著下唇摩擦著。

「你最好——說一個。」他略帶猶豫地說。

「我現在想得到的是……和我關係持續最久的一個……但她已經結婚了。我們早已沒聯絡，說出來一定對她不好。」

「還是說出來的好。」馬丁·貝克眼也沒抬地說。

「我不想給她帶來任何不快。」

「她不會有任何不快。她的名字？」

「如果你能保證……她婚後的名字叫做西芙．林柏格。但是我真的請求你……」

「她住哪兒？」

「林汀島。她丈夫是個工程師，我不知道住址，應該是在波多市吧。」

馬丁．貝克再望了羅絲安娜的照片一眼，然後關上抽屜說：

「謝謝你。很抱歉我必須問這些問題，但很不幸，這是我的工作。」

米蘭德走進來，坐下。

「麻煩你再等幾分鐘，」馬丁．貝克說。

在樓下一個房間裡，錄音機正放出最後一段。馬丁．貝克背依著牆，站著傾聽：

「你要喝點什麼嗎？」

「不必了，我不渴。」

檢察官是最先開口的人。

「怎麼辦？」

「讓他走。」

檢察官望著天花板，柯柏望著地板，艾柏格則望著馬丁．貝克。

「你對他沒怎麼施壓，」檢察官說，「這次訊問短了點。」

「是。」

「如果我們把他關起來呢？」

「那我們週四之前就得把他放了。」哈瑪回答。

「那就不知道結果會如何了。」

「是的。」哈瑪說。

「好吧。」檢察官說。

馬丁・貝克點點頭。他走出房間上樓去。他還是覺得不舒服，左胸依然隱隱作痛。

米蘭德和名叫班特森的男子仍坐在那兒，好像從他離開後就沒改變過姿勢。

「很抱歉麻煩你走這一趟。讓我送你回家好嗎？」

「我坐地鐵就好，謝謝。」

「也對，搞不好更快。」

「當然。」

依照慣例，馬丁・貝克陪他走下一樓。

「那麼再見了。」

「再見。」

兩人互相握手。

柯柏和艾柏格仍然坐著不動，望著那台錄音機。

「我們要繼續跟蹤他嗎？」柯柏問。

「不必。」

「你認為是他幹的嗎？」柯柏又問。

馬丁．貝克站在大廳中央，看著自己的右手。

「是，」他說，「我確定是他。」

24.

這公寓讓他想起自己在南斯德哥爾摩的家。樓梯間很窄，家家懸掛著制式名牌，每層樓都有個火爐門。這間房子坐落在波多市的弗列德加路，而他是搭斯德哥爾摩輕軌車過來的。

他很細心地挑了個時間：一點十五分。這時間辦公室職員正要開始工作，小孩子正在午睡；家庭主婦此時則可以坐下來，打開收音機，加塊方糖、喝杯咖啡了。

前來開門的女子身材嬌小、金髮藍眼，大約二十八、九歲，相當漂亮。她緊張得握住門把，像是隨時準備關門。

「警察？發生什麼事？我丈夫……」

她的表情震驚而迷惑，還滿迷人的，馬丁．貝克心想。他出示證件，女子似乎因此鎮靜不少。

「我不知道能幫什麼忙，但還是進來吧。」

屋中家具的擺設陰沉、整潔，無甚特色，但房子的視野非常好。下方不遠處便是伐坦港，兩艘導航船正導引一艘貨輪進港。他很願意讓出自己所有，和她交換這間房子。

「你有孩子嗎？」他想逐漸進入正題。

「有，一個十個月大的女兒，我才剛把她放回搖籃。」

他拿出照片。

「你認識這個人嗎？」

她馬上臉紅，望向別處，不太明確地點點頭。

「我認識，但……那是好幾年前的事了。他犯了什麼罪嗎？」

馬丁・貝克當下沒有回答。

「你知道，這實在讓人很不愉快。我丈夫他……」

她在找適當的措詞。

「我們何不坐下來？」馬丁・貝克說，「抱歉，請原諒我這麼冒昧。」

「好，好，當然。」

她在沙發上直直坐著，一臉緊張。

「你不必緊張或害怕。事情是這樣的：為了某些需要，我們希望這個男人能當我們的證人；那件事和你一點關係都沒有，但我們必須從某些和他或多或少交往過的人身上，去多方面了解他的個性，這很重要。」

這番說明似乎沒能安撫她。

「這實在讓人不太舒服，」她說，「我丈夫，你知道，我們結婚快兩年了，他從來不知道……佛基的事。我沒跟他提過這個人……不過，想當然，他應該知道我也曾經和別人交往過……以前……」

她似乎更加慌亂，臉也更紅了。

「我們從沒談過這種事。」她說。

「你大可以冷靜下來，我只是要問些問題。我不會告訴你丈夫或任何人，至少不會是你認識的人。」

她點點頭，但仍撇頭避開他的目光。

「你認識佛基．班特森？」

「認識。」

「在什麼時候、什麼地點認識的？」

「我……我們四年多前，在……在我們公司認識的。」

「艾里克森搬家公司？」

「對，那時我在那裡當出納。」

「你和他在一起過？」

她側著臉，點點頭。

「維持多久？」

「一年。」她很小聲地說。

「你們在一起時快樂嗎？」

她回過頭望著他，眼神有點疑惑，同時無助地舉起雙臂。

馬丁・貝克的視線望向她肩後那扇窗外的冬日黯淡天空。

「你們怎麼開始的？」

「嗯，我們……每天都會見到對方，於是開始一起喝午茶，之後又開始一起吃中飯。而且……嗯，他帶我去過他家好幾次。」

「那時你住哪兒？」

「烏普蘭街。」

「自己住嗎？」

「噢，不，那時我和父母住在一起。」

「他去過你家嗎？」

她很快地搖搖頭，還是不看他。

「還有哪些事？」

「他請我去看過幾次電影，然後……噢，他邀我共進晚餐。」

「在他家？」

「不，至少第一次不是。」

「那是在什麼時候？」

「十月。」

「從那之後，你和他交往多久？」

「幾個月吧。」

「然後你們開始有親密關係？」

她坐著不說話。過了很久，她說：「我必須回答嗎？」

「對，這很重要，而且最好現在回答，可以省去許多痛苦。」

「你到底想知道什麼？你要我說什麼？」

「你們有過親密關係，不是嗎？」

她點點頭。

「何時開始？你第一次到他家時？」

她無力地望著他。

「多頻繁？」

「我想，不是特別頻繁。」

「是每次去他家都會嗎？」

「不，絕不是。」

「你們在一起都做些什麼？」

「嗯……什麼都做。吃東西、聊天、看電視，還有看魚。」

「看魚？」

「他有一個很大的水族箱。」

馬丁・貝克深吸一口氣。

「他讓你快樂嗎？」

「我……」

「試著回答吧。」

「你……你的問題很難回答。是，我想是。」

「他對你很粗暴嗎？」

「我不懂。」

「我是說，你們交往時，他有沒有打過你？」

「沒有。」

「或用其他方式傷害過你？」

「沒有。」

「從來沒有？」

「沒有，從來沒有。他何必這麼做？」

「你們討論過結婚或同居嗎？」

「沒有。」

「為什麼？」

「他從來不提，一個字都不提。」

「你不怕懷孕嗎？」

「怕，不過我們一向很小心。」

馬丁・貝克強迫自己看著她。她還是直挺挺坐在沙發邊緣，兩膝緊靠，小腿肌肉繃得緊緊。她不只臉紅，脖子也紅，髮際甚至泌出細微汗珠。

他繼續問。

「他是個怎樣的人？在性事上。」

這問題似乎令她很驚訝，她的手焦慮地游移著。最後，她說：

「他很好。」

「你說『好』是什麼意思？」

「他……我是說，他滿需要人家對他溫柔的，而我，我……也是。」

雖然他距離她不到五呎，不過也差點聽不到她說的話。

「你愛過他嗎？」

「應該是。」

「他能滿足你嗎？」

「我不知道。」

「你們為何分手？」

「我不知道，就是結束了。」

「還有一件事，我非問不可。你們做愛一向是他要求的嗎？」

「這個……這要我怎麼說……我想應該是。不過，就是那麼回事，而我通常不會拒絕。」

「你們做過幾次？」

「五次。」她的聲音像耳語。

馬丁・貝克靜靜坐著，看著她。他應該繼續追擊的：他是你的第一個男人嗎？你做愛時都把衣服脫光嗎？你們會開著燈嗎？他是否曾經……

「再見，」他站起來，「很抱歉打擾你。」

他踏出門後把門帶上。他聽到她的最後一句話：

「不好意思，我有點害羞。」

馬丁・貝克聳著肩在月台候車，手插在口袋裡，在溶雪中來回踱步，茫然吹著口哨，哨音荒腔走板。

最後，他知道該怎麼做了。

25.

哈瑪邊聽，邊在便條紙上胡亂塗鴉，畫著老人。這可是個好兆頭。然後他說：

「你要上哪兒找這個女人？」

「警察人員裡一定有人能勝任。」

「你得先把她找出來。」

兩分鐘後，柯柏發出同樣的疑惑：「到哪裡找這個女孩？」

「憑你我這十八年來在警界賣身換得的人面，還怕沒有嗎？」

「隨便找個人來是沒用的。」

「沒人比你更熟悉警方的人了。」

「好吧，我可以試試看。」

「這就對了。」

米蘭德完全不感興趣，甚至連回個頭都沒有，只是繼續叼著菸斗說：

「薇比克・安姆達住在托迪柏街，五十九歲，是個釀酒工的寡婦。她不記得見過羅絲安娜，但對她在里達虹照的那張照片還有印象。卡琳・拉森在鹿特丹時跳船跑了，不過當地警方找不到她。她有可能用假證件搭上別艘船。」

「而且一定是艘外籍船，」柯柏接腔，「她懂這套。要找到她可能得花上一年，甚至五年；就算逮到了，她也可能什麼都不說。卡夫卡有回音嗎？」

「還沒。」

馬丁・貝克上樓去，撥電話到莫塔拉。

「沒錯，」艾柏格冷靜地說，「我看這是唯一的辦法。但要去哪兒找這個女孩呢？」

「在警方人員中找，比方你那兒。」

「不，她不適合。」

馬丁・貝克掛上電話，但電話又響起。是克萊拉警局的一位巡邏警員。

「我們完全照著你說的做了。」

「結果呢？」

「他似乎很鎮定，但我覺得他已經提高警覺了。他四處張望，繞路走，還不時停下來。要想跟蹤他而不被發現很困難。」

「他會不會已經認出你們了？」

「不會，我們有三個人，而且我們不是跟蹤，我們就站著，讓他走過去。總之，我們的任務就是不能讓他認出來。還有什麼需要效勞的？」

「目前沒有。」

下一通電話來自阿道夫・佛德列克警局。

「我是哈森，在第五街。我看到他在布拉法拉街，一次是今天早上，一次是目前他在回家途中。」

「他的反應如何？」

「很冷靜，不過我覺得他變謹慎了。」

「他有注意到什麼嗎？」

「不可能的。今天早上我坐在車裡，現在路上則有一大群人。我唯一一次靠近他，是方才在聖艾里克廣場的報亭，我站在他後面兩個位置排隊。」

「他買些什麼？」

「報紙。」

「哪一家？」

「一大捆，四家早報全買，還有兩份沒水準的晚報。」

米蘭德輕輕敲門後，探頭進來。

「我得回家了，可以嗎？我得去買些耶誕禮物，」他說。

馬丁・貝克點點頭，掛下電話後想道：「老天，耶誕禮物……」馬上忘了方才在想什麼。

他滿晚回家的，但還是沒能避開人潮。耶誕前夕，所有店家營業得都比平常晚。

他老婆在耳邊叨唸說他實在心不在焉，但這話他沒入耳，也不打算回答。

隔天早餐時，她說：「耶誕假期到時你不用上班吧？」

這天很平靜。不過，下午四點十五分，柯柏如雷般的聲音傳了過來：「我想有個人選了。」

「是警察嗎？」

「她在貝格街工作，明早九點半會過來。如果合適，我們可以借調人力，哈瑪會搞定。」

「她長得怎樣？」

「我覺得她某個角度看來像羅絲安娜，不過更高又更漂亮一點，應該也更敏捷。」

「她知道她要做什麼嗎？」

「她進這行好幾年了，是個冷靜的好女孩，滿健壯的。」

「你對她了解多少？」

「幾乎不認識。」

「未婚嗎？」

柯柏從口袋裡拿出一張紙。

「你想知道的都在這裡。我要走了，我得去買些耶誕禮物。」

「耶誕禮物……」馬丁．貝克心想。他看看錶，四點半了。他忽然興起一個念頭，趕快抓起話筒，撥給波多市那個女人。

「噢，是你。是的，貝……」

「這通電話會不會打得不是時候？」

「不會……我先生五點四十五分之後才會到家。」

「我只是要問一個簡單的問題。我們昨天談到的那個人，可曾拿過你任何東西？嗯，我是說，任何禮物、紀念品之類的？」

「沒有，他沒拿過我的禮物，我們都沒送過禮給對方，你知道……」

「他手頭緊嗎？」

「過得去吧，只能這麼說。我也一樣。唯一的……」

一陣沉默，他幾乎能感覺到她的臉在泛紅。

「你給過他什麼？」

「一個……小小的護身符……也可說是個小裝飾品，只是個不值錢的小東西……」

「什麼時候給的？」

「我們分手時……他向我要的……我一向隨身帶著。」

「他硬要的嗎？」

「這個……我很樂意給他。每個人都會想要有個紀念物，即使……總之，我是說……」

「多謝了，再見。」

他再撥給艾柏格。

「我和拉森及局長談過，不過檢察官生病了。」艾柏格說。

「他們怎麼說？」

「准了。他們也知道沒有別的好方法，當然，這有違常規。不過……」

「即使在瑞典，這方法過去也用過多次。我現在要向你提議的，是更加違反正統的作法。」

「聽來不錯。」

「對媒體釋出消息，說這起謀殺案即將結案。」

「現在？」

「對，立刻，就是今天。你知道要怎麼說嗎？」

「知道，說是老外幹的。」

「正確。就像這樣：『根據最新消息，國際刑警追查多時、殺害羅絲安娜．麥格羅小姐的兇手，終於由美國警方逮捕歸案。』」

「而我們從頭到尾都知道兇手不在瑞典？」

「這只是舉個例子。重點是盡快發布出去。」

「了解。」

「然後你最好立刻過來。」

「立刻？」

「正是。」

有個信差正好帶著電報進門。馬丁．貝克左肩緊緊夾著話筒，拆開電報。是卡夫卡。

「他說什麼？」艾柏格問。

「只有三個字——設陷阱。」

26.

女警索妮雅．韓森確實神似羅絲安娜．麥格羅，柯柏說得沒錯。

她正坐在馬丁．貝克的辦公室裡，兩手交疊膝上，一雙冷靜的灰眼望著他。她將深色頭髮梳成內捲，瀏海輕輕浮在左眉上。她的膚色健康，神情開朗，而且似乎未施脂粉。她看來絕不超過二十歲，但馬丁．貝克知道她已二十五歲。

「首先你要知道，這是一項自願的任務，」他說明，「你要是不願意，可以直接拒絕。我們決定徵召你擔負這項任務，是因為你最夠資格，這主要是因為你的容貌。」

她撥著前額的頭髮，面露不解地望著他。

「再者也因為，」馬丁．貝克補充說，「你住在市中心，而且未婚，也沒和家人或朋友同住。至少最近是這樣，對吧？」

索妮雅．韓森搖頭。

「希望我能幫得上忙，」她說，「不過，我看起來哪兒不對嗎？」

「你記得羅絲安娜・麥格羅嗎？那個美國女孩，去年夏天在古塔運河遭人殺害的那個？」

「我記得嗎？我在失蹤人口局工作，這起案子我也查了好一陣子。」

「我們知道是誰幹的，也知道他目前就在城裡，我還審問過他。他承認事發時他在船上，也承認見過她，但他說這起案件他甚至連聽都沒聽過。」

「這麼可能？我是說，報紙登了那麼多、那麼久。」

「他說他從不看報紙。我們套不出任何話。他表現得十分光明正大，回答問題時也看似誠實。我們沒辦法拘留他，也不能繼續跟蹤，唯一機會是讓他再犯一次，所以需要你參加……如果你願意，而且認為自己應付得來。當然，你也可能成為下一個犧牲者。」

「真是個好差事呢！」索妮雅・韓森伸手進皮包裡找菸。

「你和羅絲安娜的確很像，我們希望你去當誘餌。大致是這樣：他是史瑪藍街上一家搬家公司的經理。你去那兒，告訴他你要搬點東西，想辦法和他調情，讓他留下你的住址和電話，總之要讓他對你感興趣。然後，我們只能抱著希望等等看了。」

「你說你已經審問過他了？難道他不會因此起了戒心？」

「我們放了點假消息來安撫他。」

「那麼我還得去勾引他？這太慘了吧！倘若我成功了呢？」

「你不用怕，我們會一直在你附近。但你得先把我們手上資料讀過一遍，通盤了解一下這起案子。你得扮演羅絲安娜．麥格羅，我是說，看起來要像她。」

「我當學生時是演過一些角色，但不外是天使、蘑菇之類的角色。」

「那這回你得賣力點了。」

馬丁．貝克靜靜坐了幾秒鐘，接著說：

「這是我們唯一的機會了。他只需要一點衝動，而我們必須提供一點刺激。」

「好吧，我願意試試。希望我應付得來，這好像很困難。」

「你最好馬上開始閱讀所有資料，各種報告、影片、筆錄、書信和照片，然後我們才能就這案子討論下去。」

「現在就開始？」

「對，就從今天。哈瑪局長會安排你暫時卸下其他勤務，直到結案。對了，還有一件事，我們得去你的公寓探探地形，還得複製一些鑰匙。其他的稍後再談。」

十分鐘後，他讓她留在柯柏和米蘭德辦公室的隔壁房裡。她撐著兩肘，開始讀第一份報告。

艾柏格下午才到。他才剛坐下，柯柏就像一陣旋風似地衝進來，還用力拍他的背部，害他差點跌下椅子。

「甘納明天要回家，」馬丁・貝克說，「走之前讓他看看班特森長什麼樣子。」

「那你得看得很小心，」柯柏說，「而且我們最好馬上出發。城裡每個人、甚至全國一半的人口，都跑出來採購耶誕禮物了。」

艾柏格拍了一下額頭。

「耶誕禮物，我竟然忘了！」

「我也是，」馬丁・貝克接著，「其實我想到很多次，但也只是想想而已。」

路上非常擁擠。四點五十八分，他們讓艾柏格在諾曼斯廣場下車，看著他消失在人群中。柯柏和馬丁・貝克坐在車裡等。

過了二十五分鐘，艾柏格回來了。爬進後座時他說：

「他絕對就是影片裡那個傢伙。他搭五十六路公車。」

「他要去聖艾里克廣場，他會在那裡買了牛奶、麵包、奶油之後才回家。然後吃飯、看無聊的電視、上床睡覺。」柯柏說，「你們在哪下車？」

「就這兒，現在正好來個耶誕大採購。」馬丁・貝克回答。

一小時，後他們在玩具店裡。艾柏格說：「柯柏說錯了，全瑞典另一半的人口也在這裡。」

他們花了將近三小時才採購完畢，又花了一小時才回到馬丁・貝克家。

艾柏格隔天和那位要做誘餌的女警會面。她努力鑒戰，也只讀完一小部分的相關資料。

當晚，艾柏格就回莫塔拉準備過節了。他們都同意，待新年假期一結束，就立刻實施計劃。

27.

這是個銀灰色的聖誕節。那個名叫佛基．班特森的男子，在索德拉萊的母親家中靜靜度過這個佳節。不管是在教堂中做耶誕禮拜，或是戴上耶誕老人面具、汗流滿面時，馬丁．貝克仍不斷想著這個人。柯柏因為假期間暴飲暴食，不得不在醫院裡躺了三天。

耶誕節隔天，艾柏格來電，聲音聽來有點興奮。

各報紙都刊出形式各異、但相當冷淡的報導，表示運河謀殺案的案情已漸趨明朗，瑞典警方也不再需要插手此事了。

哥登堡當地另外冒出一起非常傳統式的新年凶殺案，但警方在二十四小時內就偵破。卡夫卡寄來一張超大型的古怪明信片，紫丁香色調，上頭還畫了一隻背對著夕陽的麋鹿。

一月七日到了，而這天的確也像是一月七日，街上到處是口袋空空、被雪凍歪的人。商家開始打折，但大半的店鋪內卻是空空如也。天氣還是一片朦朧，而且刺寒。

一月七日是計劃發動日。

一大早哈瑪就來視察。看完後他說：「我們這個實驗打算做多久？」

「直到成功為止。」艾柏格說。

「這可是你說的。」

哈瑪想過各種可能的突發狀況，比方馬丁・貝克和柯柏可能有別的事要立刻查辦；米蘭德和史丹斯壯也至少該花點時間處理其他案子；第三區很快就會開始抱怨，被借調的女警怎麼還不能歸隊。

「孩子們，祝好運。」他說。

過一會兒，其他人都走了，只剩索妮雅・韓森留在馬丁・貝克的辦公室裡。她感冒了，只能坐在椅子上吸著鼻涕。馬丁・貝克看著她，她今天腳踏長靴，身穿灰色上裝和黑色緊身長褲。

「你打算穿這樣？」他的語氣有點酸。

「不，我會回家先換掉。但是你要知道，去年七月三號是夏天，但現在可是冬天，要是我現在還穿薄薄的，戴著墨鏡，跑去一家搬家公司請他們幫忙，那一定很古怪。」

「盡力就好，重點是你了解真正的目的——」

他停了一會兒。

「假設我了解得沒錯的話。」

這女人若有所思地看著他。

「我想我明白，」她終於說。「我已經逐字讀過關於她的每份報告，一讀再讀；那段影片我至少看過二十遍。我挑選了和她相像的衣服，還對著鏡子練習了好幾個小時的儀態。但我覺得還不夠。她的個性和我完全不同，習慣也是，我沒過過她那種生活，也不打算過，但我會盡我所能。」

「那就好。」馬丁・貝克說。

她看起來不易親近，實際上也難以看透。他對她的私生活所知不多，只知道她有個五歲的女兒和她的祖父母同住，似乎沒結婚。儘管他對她不甚了解，他卻想起她很多的風評：敏捷、腳踏實地，而且工作盡心盡力。這是很多人都做不到的。

馬丁・貝克直到下午四點才收到她的回報。

「我剛從那兒出來，等一下我會直接回家。」

「好吧，他不可能現在就過去硬闖你家大門。進行得怎樣？」

「我想還不錯，大概不可能更好。他們明天會把櫃子送來。」

「他認為你怎麼樣？」

「不知道。我覺得他似乎眼睛一亮。我不知道他會怎麼做，所以現在很難說。」

「很困難嗎？」

「老實說，並不難。我覺得他人看起來相當好，某些方面也很迷人。你確定他是兇手？我雖然沒有和謀殺犯相處的經驗，但我很難將他當成是殺害羅絲安娜的兇手。」

「我很確定。他說了什麼？有留下你的電話號碼嗎？」

「他把我的地址和電話寫在一張活頁紙上。我還告訴他，我另有一支私人電話，只不過，如果我不是在等某人的電話，就不會去接，所以得先打客廳的電話過來。我覺得他話不多。」

「當時室內只有你和他兩人嗎？」

「對。不過還有一個肥肥的老女人在玻璃隔開的另一間辦公室內。但她聽不到我們的談話，因為當時她在講電話，而我聽不到。」

「你有逮到機會和他談談搬運衣櫃之外的事嗎？」

「有。我提到天氣很差，而他回答『的確是』；然後我說很高興耶誕假期結束了，他說他也是。我還加一句：『像我這樣孤身在外的人，過耶誕節最是感傷了！』」

「那他說什麼？」

「他說他也是一個人，就算耶誕節通常會和母親一起過，也一樣苦悶。」

「聽起來不錯，」馬丁·貝克說，「你們還談了別的嗎？」

「我想沒有了。」

電話的另一頭沉默了好一會兒，然後她補充：「噢，我要他寫下公司地址和電話，省得我還得去查電話簿。他於是給了我一張公司名片。」

「然後你就離開了？」

「是啊，我已經沒辦法站在那兒繼續說一堆廢話，於是挑了適當的時間離開。在這之前，我特地解開外套，好讓他看到我裡面穿緊身毛衣。我還說，如果他們沒辦法在白天送來也沒關係，因為晚上我幾乎都在家裡等電話。不過他說衣櫃應該會在早上送到。」

「很好。你聽著，今晚我們得先預演一下，我們會在克萊拉分局。史丹斯壯扮演班特森，他會打電話給你。你接了之後就打給在克萊拉分局的我，我們會趕去你家，等史丹斯壯出現。你懂了嗎？」

「知道了。史丹斯壯一打來，我就撥給你。大約幾點？」

「我不能告訴你，因為你無法預知班特森何時會打來。」

「的確，你說得對。對了，馬丁──」

「是？」

「其實他某種程度上還滿有吸引力的，完全不會令人不舒服，或顯得很猴急。羅絲安娜．麥格羅當初一定也這麼想。」

里潔林街第四分局的娛樂室內一塵不染，東西也擺放得很整齊，儘管這地方用來提供娛樂的可能性很小。

八點十五分了，馬丁・貝克已經把晚報讀過兩遍，除了體育欄和分類小廣告，幾乎全都看了。這之前的兩個小時，艾柏格跟柯柏一直在下棋，這顯然驅除了他們相互討論的欲望。史丹斯壯在門邊的椅子上睡覺，嘴巴大張。他這樣是情有可原的，因為昨晚他一直在忙另一起案子。總之，他是來扮演惡徒，所以無需警覺。

八點二十分，馬丁・貝克走向史丹斯壯，把他搖醒。

「現在開始吧！」

史丹斯壯站起來，走向電話，撥了號碼。

「喂，」他說，「我可以過去嗎？什麼？好。」

然後他走回椅子，繼續睡大覺。

馬丁・貝克看著時鐘。五十秒後，電話鈴響了。這支電話可以直撥外線，而且是特別為這個案子準備的，別人使用不得。

「我是馬丁・貝克。」

「我是索妮雅。他剛剛打來，他在半小時內會到。」

「知道了。」

他掛回電話。

「我們行動吧，夥伴們。」

「你現在放棄還來得及。」艾柏格在棋盤另一邊喊著。

「好了，」柯柏說，「一比零，你領先。」

史丹斯壯張開一隻眼睛：

「我要走哪條路過去？」

「你想走哪條都可以。」

他們下樓去開車，車就停在警局車道上，是柯柏的車，由他來開。當柯柏搖搖晃晃地把車轉上里潔林街時，他問：「我可以當那個躲在衣櫃裡的人嗎？」

「不行，只有艾柏格可以。」

「為什麼？」

「他是唯一能走進屋裡又不被認出的人。」

索妮雅．韓森住在倫波葛街角落一幢建築物的三樓，面向愛克堡廣場。

柯柏把車停在小坪戲院和戴涅街之間。眾人分頭前進。馬丁・貝克穿過街道走進灌木叢中，藏身在卡爾・史塔夫*雕像的陰影下。他的據點能清楚看到韓森家和愛克堡廣場，周圍街道也一目了然。他看見柯柏以輕鬆的姿態，隨意地沿倫波葛街向南走。艾柏格則果斷地照著行程邁向公寓大門，開了門走進去，好像他本來就住那裡。四十五秒後，艾柏格就進入韓森家了。柯柏會在愛克堡街的拱門下面。馬丁・貝克按下碼錶。從他掛了索妮雅・韓森的電話之後，到現在已經過了五分又十秒。

外頭很陰冷，他立起外套領子。有個醉漢想向他勒索一根菸，他只能低聲嚇嚇他。

史丹斯壯演得很好。

他早到了十二分鐘，而且從一個令人意想不到的方向過來。他沿著愛克堡公園的階梯躲躲藏藏前進，然後混進去看電影的人群裡。直到他潛入屋內，馬丁・貝克才看見他。

柯柏也還令人滿意，他和馬丁・貝克恰好在大門口會合。

他們一起走進大門，打開裡面的玻璃門鎖，兩人都沒交談。

柯柏拾階上樓，他的就定位置是在韓森家下方半層樓處，沒有訊號就不必推進。馬丁・貝克想搭電梯，但按鈕之後電梯一直不來。他只好跑上樓梯，還遇見站在二樓半、面露驚訝的柯柏。電梯停在三樓，史丹斯壯出去後，動了個小手腳讓電梯門關不起來。馬丁・貝克原本計劃搭電梯上四樓，再由四樓跳進韓森家，這下也就泡湯了。

屋子裡沒有喧鬧聲，但史丹斯壯一定早進去了。過了三十秒，馬丁．貝克聽到有人被蓋住的叫聲和喧鬧聲，他拿出早已準備好的鑰匙，十秒鐘後，他已經進到韓森的臥房。

韓森坐在床上，史丹斯壯站在中間打著呵欠，艾柏格則輕輕地把史丹斯壯的雙手絞在背後。

馬丁．貝克吹聲口哨，柯柏旋及像一輛特快車般衝進來。但因為他不需要打開任何的門，因此反而撞到門廳裡的桌子。

馬丁．貝克摸摸鼻子，望著那女孩。

「很好。」他說。

她很務實地穿出他想要的模樣。她打赤腳，沒穿褲子，身上套著短袖的薄棉浴袍，只蓋住一半的大腿。馬丁．貝克確定她底下沒穿內衣。

「我換件衣服，再為你們沖咖啡。」她說。

他們走入另一間房間。而她幾乎立刻跟著進來，而且已經穿著涼鞋、牛仔褲、和棕色毛衣。

十分鐘後，咖啡煮好了。

＊　卡爾．史塔夫（Karl Staff, 1860—1915）：瑞典律師，曾兩度擔任瑞典首相職務。

「我的鑰匙卡死了，」艾柏格說，「我得像個闖空門的，把鑰匙搖來搖去才打得開。」

「那倒還好，」馬丁・貝克說，「你不用像我們趕得那麼厲害。」

「她開門時，」史丹斯壯說，「我聽得到你在樓梯上走動。」

「橡膠鞋底。」柯柏說。

「開門速度要再快一點。」馬丁・貝克說。

「衣櫃上的鑰匙孔真大，」艾柏格說，「我從頭到尾都看得到你。」

「下次你再不把鑰匙拿出來開，」史丹斯壯說，「我一定先把你鎖在裡面。」

電話鈴聲響起，他們全都呆住了。

「我是，哈囉……不，不，今晚不行……嗯，我還有點事……我在跟男人約會嗎？嗯，可以這麼說。」

她放下電話，迎上他們的眼神。

「沒事啦！」她說。

28.

索妮雅・韓森站在浴室裡沖澡。關水後，她聽到客廳的電話響著，於是連手都還沒擦乾就衝去拿起話筒。

是班特森。

「你的衣櫃已經在路上了，」他說，「卡車應該十五分鐘內會到。」

「謝謝你這麼好心打電話來，不然我不會開門的。我不知道你們會這麼早送來，我是不是該去你的辦公室付錢，或者……」

「付給司機就好，他帶著發票。」

「好的，我會的。您是……」

「我叫班特森。希望您滿意我們的服務。我剛說過，卡車大約十五分鐘內會到。」

「謝謝，再見。」

他一掛斷，她就撥馬丁・貝克的專線。

「衣櫃十五分鐘內就會送到。他剛打過電話，我差點漏接，不過運氣好，還是讓我接到了。沒想到會這麼快，而且浴室裡的水聲會蓋住電話鈴聲。」

「你最好暫時不要打開水龍頭，」馬丁・貝克回答。「而且，從現在開始，你要一直守著電話，不可以上去閣樓或下去洗衣間什麼的。」

「我不會的。衣櫃一送到，我是不是就去他的辦公室？」

「我想是吧！去過之後打給我。」

艾柏格也在辦公室內。馬丁・貝克一掛下電話，艾柏格就疑惑地看著他。

「她在半小時內會去那裡。」馬丁・貝克告訴他。

「那我們只需要等著。她是個好女孩，我喜歡。」

他們一直等了超過兩小時，艾柏格開口：「她應該不會有事，只是……」

「冷靜點，」馬丁・貝克回答，「她會打來的。」

他們又等了半小時，她才回報。

「你們等很久了嗎？」

馬丁・貝克愁眉苦臉地說：

「發生什麼事了？」他說完清一清喉嚨。

「從頭說好了。我們通完電話二十分鐘後，就有兩個司機載了衣櫃過來，我看也沒看，就告訴他們擺在哪裡。他們走了之後，我才發現載錯了，然後我過去他們公司抱怨一番。」

「你在那裡待得也真夠久。」

「是啊，我到的時候他正好有個客戶在。我在櫃台外面等，他看了我好幾次，像是在催促那人快一點。他對送錯櫃子有點沮喪，我說那是我的問題，不是他的錯，我們幾乎為了是誰的錯而吵起來。然後他去找看看誰今晚有空。」

「誰呢？」

「他排不出人。但他保證明天一早會送過來。他說他很願意親自送來，而我說這樣要求就太過分了，雖然我很樂意接受。」

「好，然後你離開了？」

「不，我當然繼續留在那裡。」

「他很難攀談嗎？」

「不會，不過他有點害羞。」

「你們聊些什麼？」

「噢，就是交通多擁擠啊，還有斯德哥爾摩以前有多好。然後我扯到獨自一人住在這城市裡真不好過，他也附和，不過他卻說他寧願獨居。」

「他聊天時看來愉快嗎？」

「我想是吧，但我總不能一直在那裡閒扯。他提到他喜歡看電影，但除此之外不常出門。接著就沒什麼可聊，於是我就離開了。他送我到門口，一直非常禮貌。我們接下來要做什麼？」

「不做什麼，等著。」

兩天後，索妮雅・韓森再度光臨搬家公司。

「我想謝謝你的幫忙，我收到衣櫃了，抱歉給你添了這麼多麻煩。」

「沒什麼麻煩，」佛基・班特森說，「歡迎再度光臨。我能為您效勞嗎？」

有個人走進來，打斷了這一切。那人顯然是這家公司的老闆。

當她離開這個辦公室時，已可以清楚地知道，班特森正從櫃台後面望著她；她走到外門時轉過身來，正好迎上他的眼神。

過了一週，這實驗又重覆一次。這次的開場白還是交通問題，她說她搬來倫波葛街的公寓沒多久，所以還是得繼續從其他親戚家的閣樓裡搬家具來用。

再過五天，她又出現在他辦公室裡。當時還不到下午五點，但因為她路過，就順便進來看看。

索妮雅・韓森打電話來時，好像有煩惱。

「他還是沒反應嗎？」馬丁・貝克問。

「只有一點點。你知道嗎，我想不是他。」

「為什麼？」

「他好害羞，而且顯得毫無興趣。這幾次我已經表現得越來越露骨，甚至已經明白提出邀請了。根據我以往經驗，十個男人現在至少會有七個已經坐在我家門口學狼叫了。我猜我對他沒什麼魅力。現在我要做什麼？」

「繼續下去。」

「你應該找別人試試。」

「繼續下去。」

繼續？是還要多久？日子一天天過去了，哈瑪的表情顯得越來越疑惑；馬丁・貝克每每望著鏡中，也覺得自己日漸憔悴。

克萊拉分局牆上的電子鐘，又滴答地走過三個平靜無事的晚上。此時距離那次預演也已經過了三週。雖然計劃早經充分認可，但似乎還沒有實際績效，目前一點事也沒有。那個叫做佛基・班特森的男人仍過著平靜的日常生活，繼續喝著全脂牛奶，正常上班，每晚也仍睡上九個小時。

可是參與計劃的人卻幾乎與日常生活脫節，和外界隔離了。獵犬們相互追逐致死，但狐狸根本沒注意到——馬丁・貝克心想，這就是他們現在的寫照。

他憤怒地盯著那支已經三個星期沒響過的黑色電話。那位住在倫波葛街的女孩知道，只有在一種特殊情況下，才能撥這支電話。他們每晚會打兩通電話和她確認，一通在晚上六點，一通在半夜。這是雙方唯一的通話。

馬丁・貝克家中的氣氛也緊繃著。他太太雖然嘴上沒說什麼，但眼裡的懷疑卻越來越深；她很早就認定這計劃不會奏效，最後只落得白費功夫，又讓馬丁・貝克每晚都不在家。而他不能、也不願意解釋。

柯柏的情況好多了，至少米蘭德或史丹斯壯每三天會和他輪一次班，艾柏格則藉著玩西洋棋讓自己忙碌——這一切竟叫做解決問題！所有的話題很早以前就說完了。

馬丁・貝克假裝在看報，卻完全記不得看到哪裡。他利用打呵欠時看看那些可敬的同事，大家一直沒出聲，背對背坐著，腦袋都因裝滿太多想法，因而沉重地垂著。

他看看時鐘，九點五十五分。他又打了一個呵欠，僵硬地起身上廁所。他洗完手，順便用水沖了個臉，才走出來。

距離門口三步遠時，他聽到電話鈴響。

出來後，柯柏已經講完，掛了電話。

「他已經……」

「不，」柯柏說，「但他就站在街上。」

這倒是出乎意料，但是計劃一切照舊。馬丁．貝克花三分鐘詳細地解說行動細節。班特森不可能強開樓下的門鎖，即使他辦到了，他們也會在他上樓前趕到。

「我們得小心點。」

「是。」柯柏說。

他們把車開到小坪戲院前的臨時停車站，然後分頭前進。

馬丁．貝克站在原地看著艾柏格走進門，然後看看錶。從她剛才打來到現在，已過了四分鐘。他心想韓森應該還獨自待在三樓房間裡，但他沒看到佛基．班特森的人影。

過了三十秒，三樓一扇窗裡亮了一盞燈，有人走到窗邊，朝外望了望，然後很快消失，燈也熄了。艾柏格已經就定位，韓森和艾柏格躲在臥室窗邊靜靜等著，臥室沒開燈，但是有一道窄光穿透門縫，那是客廳的燈光，以表示她在家。從客廳和臥室的窗戶望出去，他們可以看到好幾條街道指向這兒的交叉口。

班特森就站在對街的巴士站，正仰望著她的窗子。只有他一個人站在那兒，沒多久，他開始打量街口。他慢慢走上路中央的分隔島，消失在電話亭後面。

「他來了！」艾柏格在黑暗中邊移動邊說。

但是電話並未響起，幾分鐘後，又看到班特森走在街上。

沿著人行道有一道矮矮的石牆，這道牆一直接到她在這棟樓的住處窗戶下。牆後種了些草皮和灌木，也通向這幢房子。

他又在人行道上停步，抬頭望著她的房間。接著他緩緩朝她的公寓大門走去。

他又消失了。艾柏格開始搜尋外面的廣場，直到看見馬丁・貝克動也不動地站在植栽區的一棵樹旁。賈爾伯爵街上正好馳過一輛電車，將他遮住幾秒，電車過去，馬丁・貝克也消失了。

五分鐘後，他們又看到班特森。

班特森緊貼著牆走，所以直到他回到街上往電車站走之前，都沒人看到他。他停在一個小攤子前，買了一份法蘭克福香腸，靠著牆，邊吃邊繼續盯著她的窗戶；接著他手插口袋裡，來來回回地慢跑，不時還抬頭望向她的窗戶。

十五分鐘後，馬丁・貝克又回到那棵樹旁。

這時的交通量已比剛剛更大些，街上有一群人，電影剛散場。

他們有幾分鐘沒見到班特森，不一會兒，又看到他混在看完電影要回家的人群裡。他走向電話亭，但又在幾呎遠處停下；接著，他突然腳步輕快地走向植栽區。馬丁．貝克急忙轉身，慢慢地移動。

班特森走過小公園，穿過通往餐廳的小路，消失在戴涅街遠處。幾分鐘後，他又出現在對面人行道上，開始沿著愛克堡廣場漫步。

「你認為他以前來過這一帶嗎？」穿著棉睡袍的韓森問。「我的意思是，今晚我看到他在這兒，純粹是偶然。」

艾柏格抽著菸，背靠著窗邊的牆，看著身邊的她。她面朝窗戶，手插口袋，站著。藉著街上微弱光線的反射，她蒼白臉上的雙眼猶似幽暗深淵。

「也許他每晚都來。」她說。

班特森在廣場上繞完第四圈以後，她說：「如果他準備徹夜在這兒閒逛，結果就是我會發瘋，而柯柏和馬丁則會凍死。」

午夜十二點二十五分，他已經繞了廣場八圈了，每次都比前一次快。最後，他終於在通往公園的階梯前停下來，仰望她的房子，然後半跑步越過街道到電車站。

一輛公車進站。等車再開走，班特森已不見蹤影。

「看，馬丁跟上去了。」索妮雅．韓森說。

她的聲量讓艾柏格跳了起來。此前他們一直低聲以耳語交談，現在是她在這兩小時內頭一次以正常聲音說話。

他看到馬丁．貝克快速穿過街道，跳上一輛已在戲院前等候的車，他還沒關妥車門，車就已朝巴士的行駛方向衝了出去。

「謝謝你今晚來陪我，」韓森說，「我現在要睡了。」

「快睡吧。」艾柏格說。

他其實也很想睡。不過，他在十分鐘後還是走進了克萊拉分局，柯柏稍後也到了。

馬丁．貝克進來時，他們的西洋棋已經各走了五步。

「他搭巴士回聖艾里克廣場，回家了。幾乎馬上熄燈，現在可能已經睡著。」

「這次她會看到班特森純屬運氣，」艾柏格說，「他可能已經去過好幾次。」

柯柏正在研究棋局。

「就算這樣，也證明不了什麼。」

「你的意思是？」

「柯柏說的對。」馬丁．貝克回答。

「當然啊，」柯柏說，「就算我像隻野貓在我想把的馬子她家附近徘徊，那又能證明什麼？」

艾柏格聳聳肩。

「顯然我比較年輕，年輕多了。」

馬丁．貝克沒說話。他們兩人有一下沒一下地，嘗試專心於棋局。過了一會兒，柯柏重覆了一步棋，拖住走勢，不然他這局已經贏了。

「該死！」他說，「剛剛閒聊打斷了我的思緒。你還領先多少？」

「四分，」艾柏格說。「十二點五比八點五。」

柯柏站起來繞著室內踱步。

「我們應該把他帶來再審問一次，仔細搜他的家，盡可能把他惹毛。」他說。

沒有人回答。

「我們該重新派些人馬去跟蹤他。」

「不可。」艾柏格說。

馬丁．貝克只是一直咬著食指指節。過一會兒，他說：「她嚇到了嗎？」

「似乎沒有，」艾柏格回答，「這女孩不太容易緊張。」

「羅絲安娜．麥格羅也是啊。」馬丁．貝克心想。

里潔林街上傳來清早車輛的川流聲，這表示他們的工作雖已結束，但別人的正要開始。他們沒再交談下去，頭腦也還都清醒著。

有什麼事情發生了，但馬丁・貝克不確定那是什麼。

又過了二十四小時，艾柏格又領先了一分，其他什麼也沒發生。

接下來是週五，這個月再過三天就要結束了；天氣依舊沒有大變化，整天都下著雨，大清早常是霧氣滿布，其他時候也一片朦朧。

晚上九點十分，電話鈴聲劃破沉靜的夜，馬丁・貝克拿起話筒。

「他又來了，他現在站在巴士站旁。」

儘管柯柏把車停在街上，但他們竟比上次快了十五秒到達。又過了三十秒，艾柏格就定位的訊號燈也亮了。

佛基・班特森這傢伙足足在愛克堡廣場閒蕩了四小時，有四、五次，他都在電話亭旁徘徊，有一次則停下來吃香腸，然後才搭車回家。柯柏開車尾隨在後。

馬丁・貝克覺得很冷，只好手插口袋、目不斜視、縮著頭快步走回警局。

柯柏過半小時才回來。

「一切平靜。」

「他有看到你嗎？」

「他走路好像在夢遊，就算正前方三尺有一隻河馬，他也看不到。」

馬丁・貝克撥電話給索妮雅・韓森，他強迫自己想到她時，一定要想到她的工作和階級，否則他會受不了。

「哈囉，明天是週六、正確來說已經是今天了。他會工作到中午，他離開公司時你要出現在那裡，很快地經過他身邊，假裝要趕去什麼地方，然後你要抓著他的手臂說：『嗨，我一直在等你的電話。怎麼這麼久沒聯絡了？』或扯些別的。除了寒暄，其他別說，而且馬上離開。外套還是要敞開著。」

他稍做停頓，

「你這次一定要使盡全力。」

他掛上電話，其他人瞪著他。

「你們誰的跟蹤技術最棒？」他心不在焉地說。

「史丹斯壯。」

「好，明天一早從他踏出家門就開始跟蹤，史丹斯壯負責。向這裡回報他的每個動作，用另一支電話。這裡得有兩個人駐守。」

艾柏格和柯柏還是瞪著他，但他沒注意到。

•

早上七點三十八分，班特森走出前門，史丹斯壯的任務開始了。

史丹斯壯一直待在史瑪藍街的搬家公司辦公室附近，直到十一點十五分進到咖啡館，選了窗邊位子坐下。

十一點五十五分，他見到索妮雅・韓森出現在街角。

她穿著藍色薄軟呢外套，沒扣上釦子，他看見她的腰帶繫得有多緊。她裡面穿著一件黑色套頭毛衣，雖然戴著手套，但是沒戴帽子和皮包。她的褲襪和黑色高跟鞋在這樣的天氣裡顯得有點單薄。

她朝前穿過街道，消失在他的視線之外。

搬家公司的員工一個個下班了，最後班特森也出來鎖上大門。他沿著人行道慢慢走，走沒幾公尺，索妮雅・韓森向他跑來。她和他寒暄，抓著他的手臂，注視著他，對他說了些話。她隨即鬆手，然後站離他一點，繼續聊。然後轉身繼續向前跑。

史丹斯壯瞄到了她的臉，她臉上有著熱切、愉快，還有性感；他暗自在心中為她的演技鼓掌叫好。

班特森還站在原地，看著她跑遠。他動了動，像是要追上去，卻又改變了心意，雙手插進口袋，垂下頭慢慢地走。

史丹斯壯拿起帽子，到櫃檯付了錢，謹慎地朝門外探望。他看到班特森已經轉過一個彎，便連忙開門追出去。

在克萊拉分局，馬丁．貝克慵慵地盼著電話；柯柏和艾柏格已經暫停棋局，靜靜地看起報紙了。柯柏正在玩拼字遊戲，嘴裡狠狠咬著手中的鉛筆。

電話鈴聲終於響起時，他因為咬得太用力，鉛筆甚至斷成兩截。

第一聲還沒響完，馬丁．貝克的耳朵就已經貼上話筒。

「喂，我是索妮雅。一切都還不錯，我完全照你所說的做了。」

「很好。你有看到史丹斯壯嗎？」

「沒有，不過我想他就在附近。我不敢轉彎，所以就一直走，走了好幾條街。」

「會緊張嗎？」

「不，完全不會。」

直到一點十五分，電話才又響起。

「我在賈恩廣場一家香菸店裡。」史丹斯壯說，「索妮雅棒極了，她讓他飢渴得不得了，好像帽子裡有蜜蜂在搔一樣。我們已經走過市中心，穿過大橋，他現在正在舊城這邊閒蕩。」

「小心點。」

「沒問題的，他走得像個僵屍一樣，對身邊任何事都沒感覺。我不能再講，不然會跟丟。」

艾柏格突然起身來回踱步。

「我們派給她的真不是件好差事。」他說。

「她應付得來，」柯柏說，「她也會搞定其他事情，只要史丹斯壯別把人嚇跑就好了。」

「史丹斯壯沒問題的。」艾柏格說。

馬丁·貝克一直沒說話。

三點過後幾分鐘，史丹斯壯再次回報消息。

「我們在福古加街。他只顧在街上來來回回地走，既沒停下來，也不會四處張望，一副無動於衷的模樣。」

「繼續盯。」馬丁·貝克回道。

平常，幾乎沒什麼能改變馬丁·貝克沉穩的舉止，不過在目光盯著電話和時鐘，來來回回四十五分鐘，而室內又沒人講半句話後，他終於起身走了出去。

艾柏格和柯柏對望一眼。柯柏聳聳肩，把棋盤重新擺好。

馬丁·貝克用冰冷的水洗手和臉，然後仔細擦乾。他踏出洗手間時，一個沒穿上制服外套的警察告訴他有電話找他。

是他老婆。

「我已經很久連你的一根頭髮都沒見過了。現在連撥電話給你都不行嗎？你是在忙什麼大事業？何時才要回家？」

「我也不知道。」他疲倦地說。

她繼續叨唸，口氣也越來越粗暴嚴厲。他終於忍不住插嘴。

「我現在沒空，」他有點動怒，「再見，別再打來。」

還沒放下話筒，他就開始後悔方才的語氣。不過，他也只能聳聳肩，走回正在玩棋的同事身邊。

史丹斯壯又來了一通電話，在史凱普橋，四點四十分。

「他進了一家餐廳，獨自坐在角落裡喝啤酒。我們幾乎把城南全走遍了。他看來還是一臉怪裡怪氣的模樣。」

馬丁·貝克想起自己這一整天都還沒進食。他差人到對街的餐飲店點些東西回來。他們吃飽後，柯柏躺在椅子上睡著了，還打鼾。

電話又響時，他驚跳醒來。晚上七點了。

「他從剛剛一直坐到現在，喝了四瓶啤酒，剛離開，又往市中心走回去，腳步相當快。我一有空就打回去，再見。」

史丹斯壯聽起來有點喘，好像通話前才剛剛跑步過，而且馬丁·貝克還沒來得及說什麼，他就掛斷了。

「他正要過去。」柯柏說。

下一通電話在七點半打來，更短促，馬丁·貝克還是沒能講一點話。

「我在鬥士廣場，他現在走得很快，在賈爾伯爵街上。」

他們只能繼續等，來回看著時鐘和電話。

八點五分，馬丁·貝克在鈴聲中抓起話筒，史丹斯壯聽起來有點失望。

「他在愛克堡街閒逛，又穿過高架橋，我們現在到歐丁路了。我猜他要回家了，他的步伐又變慢了。」

「可惡！他到家時通知我。」

半小時後，史丹斯壯又打來。

「他沒有回家，而是轉進烏普蘭街。他的腳好像已經不是自己的，只顧一直往前走。我撐不了多久了。」

「你現在人在哪裡？」

「在北班廣場，他現在正要經過都市戲院。」

馬丁．貝克不斷地想，班特森到底在想什麼？他是真的一直在動腦筋，或只是無意識地繞著街道走，內心有個沸騰的想法或決定，卻一直不敢付諸行動？

隨後的三個小時裡，史丹斯壯從各地回報了四次。那傢伙一直在愛克堡廣場附近的街道上繞圈，就是不走近她的公寓。

直到清晨兩點半，史丹斯壯說他終於回到家，臥室裡的燈也熄了。

馬丁．貝克派柯柏接班。

星期天早上八點，柯柏回來了，他叫醒睡在沙發上的艾柏格後，就自己跳上去睡著了。

艾柏格去找馬丁．貝克，他正坐在電話旁思考。

「柯柏回來了？」他抬起頭，滿是血絲的雙眼望著艾柏格。

「他正在睡覺，已經天亮了。史丹斯壯接班。」

這天的第一通電話是早上十點。

「他又出門了，」史丹斯壯說，「他走向通往國王島路的橋。」

「他看起來如何？」

「沒變，連衣服都一樣，天曉得他有沒有脫下來過。」

「走得很快嗎？」

「沒有，相當慢。」

「你有睡嗎？」

「小睡了一下，但精神不太好。」

在早上十點到下午四點這段時間裡，史丹斯壯幾乎每個小時都打來。除了兩次在咖啡店內稍作休息之外，班特森足足走了六小時。他在國王島路一帶——也就是舊市區和南區，到處閒逛。這六小時裡都沒到索妮雅・韓森的公寓附近。

五點三十分，馬丁・貝克在椅子上靠著電話睡著。十五分鐘後，史丹斯壯的回報叫醒了他。

「我在諾曼斯廣場，他正向她的住處移動，表情有點不同了。」

「怎麼說？」

「好像人又回魂活了過來。看起來像是受到什麼驅策似的。」

八點十五分。

「現在我得更小心了。他剛轉到西維爾路，還是朝她那兒走。他正在看女孩子。」

九點三十分。

「在史都爾街。他似乎已經冷靜多了，不過還是到處瞄女孩。」

「放輕鬆點。」馬丁·貝克說。

他突然精神一振，而且開始有信心，儘管他已經四十八小時沒闔眼。

他站著看起地圖，柯柏已在圖上用紅筆畫出班特森的閒蕩路線。電話又響起。

「他今天打來第十次了。」柯柏說。

馬丁·貝克接起電話，看了看時鐘，十點五十九分。

是索妮雅·韓森。她的聲音沙啞中帶著顫抖。

「馬丁，他又在這兒了。」

「我們立刻趕到。」他說。

索妮雅・韓森把電話推到一邊，看著牆上的鐘，十一點零一分。艾柏格在四分鐘內會從前門進來，她不會是孤單一人，也不會再有無助、噁心和毛骨悚然的感受。

她將出汗的掌心在睡袍上抹了又抹，棉質袍子因為受潮而緊貼在她臀上。

她輕輕地走進臥室，不開燈，走到窗邊。赤腳踏著木條鑲花地板，顯得硬梆梆的，有點冷。她踮著腳，右手扶著窗框撐住身體，小心翼翼地從薄窗簾後向外窺視。街上有許多人，其中有幾個站在街對面的餐廳旁，其間有一分半鐘的時間，她看不到班特森的身影。他從倫波葛街轉進岔路，直接走上賈爾伯爵街，大約走到電車軌道一半的地方又快速右轉。半分鐘過後，她就看不到他了。他踩著流暢的大步伐，走得飛快，而且直直望著正前方，似乎對周遭視而不見，又像是專注在思考某件特別的事。

她走回客廳，這兒點著燈，感覺比較溫暖，也擺了些她喜歡的小東西。她點了根菸，深吸一口。儘管她完全清楚自己的職責所在，但當她看到班特森走過來而沒進入電話亭時，心裡還是有點慶幸。她在等班特森把她那個笨笨重重的電話弄響，已經等太久了；這通電話若真的打進來，必然會將她平靜的心擊成碎片，也會給她這處居所帶來許多不愉快的回憶。現在，她希望這通電話永遠不會打進來，希望每件事都猜錯了，這樣她就能回到先前的工作軌道，也永遠不必再想起這個人。

她拾起過去這三個星期一直在打的毛衣，走到鏡子前，在肩膀上比了比。這件毛衣很快就要織完了。她又看了時鐘。艾柏格現在晚了十秒，這次無法破記錄了——想到這裡，她微笑了，因為她知道他又會因此而懊惱。她看著鏡中自己冷靜的笑容和髮際上閃耀的細小汗珠。

索妮雅．韓森穿過門廳，走進浴室。她踏在冰冷的磁磚地板上，兩腳站得開開的，傾身用冷水洗臉。

關掉水龍頭時，她忽然聽到艾柏格將鑰匙插進前門的聲響。他晚到了至少一分鐘。

她手上還拿著毛巾，就忙著走向門廳，用另一隻手開了安全鎖，把門大開。

「謝天謝地，真高興你來了。」她說。

那不是艾柏格。

她唇上還掛著一絲微笑，慢慢地退回房間裡。

那個叫做佛基．班特森的男子把門關上，插上安全鎖，目光一直沒離開她。

29.

馬丁・貝克是最後一個衝出去的。但是他才衝出門外，電話鈴聲卻又響起，他只好折返抓起話筒。

「我人在大使飯店的大廳裡，」史丹斯壯說，「我把人跟丟了。那時他混在這附近的人群裡，應該是不到五分鐘之前的事。」

「人已經在倫波葛街，盡快趕到！」

馬丁・貝克丟下電話，跟著其他人衝下樓梯。他坐後座，艾柏格坐前座……他們每次都坐相同的位置，以便讓艾柏格第一個到現場。

柯柏很快發動車子，卻不得不立刻放掉離合器，歪向一邊，以免撞上正要開進來的一輛灰色警用卡車，然後才開上路。轉到里潔林街後，他們夾在一輛綠色富豪和一輛灰褐色的福斯之間。馬丁・貝克兩手撐在膝蓋上，瞪著車窗外下著冰冷細雨的灰暗天空。他的身心都處在警覺和亢奮的狀態，覺得自己像個充分受訓並準備完全的運動員，正打算創下新紀錄。

就在兩秒鐘後，前面那輛綠色富豪撞上一輛小貨車，小貨車是從一條單行道逆向駛來的。這輛富豪在撞擊前一秒迅速轉向左邊，柯柏當時正打算超車，也被迫跟著轉向這輛車的左邊。他的反應很快，沒撞到那輛富豪，但是對面車道上的車也都紛紛緊急煞車，車頭對車頭地緊緊貼著。當那輛福斯撞上他們的左前門時，柯柏正在倒車。福斯的駕駛乾脆緊急停車，而在擁擠的十字路口間，這可是個要命的錯誤。

其實這場車禍並不嚴重，十分鐘之內就會有幾名警員帶著捲尺什麼的趕到，他們會抄下車主和乘客的姓名、駕照號碼，也會要求看看駕照、身分證和收音機使用執照；然後他們會在值班簿上寫下「車體毀損」，聳聳肩就走人。如果那些揮著拳頭相互叫囂的駕駛聞起來不像是酒後駕車，員警多半會回到警車上，重新依照既定路線上路。

艾柏格出聲詛咒，馬丁・貝克過了十秒才知道出了什麼事：他們出不去了。兩邊車門都被卡死，他們就像被焊死在裡面。

這時柯柏做了不得已的決定，要倒車出去。但這時一輛五十五路公車正停在他們正後方。這麼一來，要退出去就只能等警察來了。福斯車主下車，在雨中一副懊惱模樣，到處想找人興師問罪。最後就連他也不見蹤影，可能跑去跟後面的兩輛車理論。

艾柏格雙腳頂在車門上用力推，推到痛得大叫，也無法弄走那輛福斯，那輛車沒放空檔。

要命的三、四分鐘過去了，艾柏格揮舞著手臂，不斷大叫。細雨像一層灰色薄膜灑在後車窗上，隱約可見一位警察穿著發亮的黑雨衣站在那兒。

最後終於有人明白了他們的處境，開始動手推開福斯車。他們的動作既笨拙又緩慢，還有一位警察甚至想阻止眾人，過一分鐘後才趕緊協助推車。終於，兩輛車之間終於推開三呎距離，但車門依舊卡住開不了。艾柏格不斷詛咒、用力推門，馬丁・貝克神經緊繃，汗不停沿頸子流下衣領，在肩胛骨附近形成一潭水後再往下流。

慢慢地，門吱吱嘎嘎地開了。

艾柏格彈了出去，馬丁・貝克和柯柏也同時想從這個門擠出去，他們辦到了。

那個警員已經站在一旁，準備做記錄。

「這裡發生什麼事？」

「閉嘴！」柯柏大吼。

還好他們認識他。

「用跑的！」

艾柏格在他們前面十五呎的地方大吼。

似乎暗中有一雙手在阻止他們。柯柏和一個老人撞了個滿懷，他肚子上綁著箱子在叫賣香腸。

足足有四百五十碼，馬丁·貝克心想，這距離對訓練有素的運動員來說可能只需要一分鐘，但他們可不是運動員。他們也不是跑在鋪煤渣的跑道上，而是在寒冷的雨中跑在鋪著瀝青的街道上。艾柏格還是領先他們十五呎，不過他在轉角處跌了一跤，差點撲在地上，這使他的領先資格瞬時消失。他們兩人並肩跑下斜坡，馬丁·貝克開始眼冒金星了，他也聽到柯柏在後面不遠處的沉重喘氣聲。

眾人轉了個彎之後，重重踏過灌木區，三個人同時看到倫波葛街那間三樓的公寓屋子裡有微弱燈光，顯示臥室裡還點著燈，陰影也投映在窗上。

眼前的金星消失了，胸口的疼痛此刻也渾然未覺。馬丁·貝克穿過街道時，想到自己這輩子從沒跑得這麼快過，儘管艾柏格還是領先他九呎遠，而柯柏也追到他身邊；當他趕上艾柏格時，艾柏格已經打開一樓大門。

電梯沒停在一樓，反正他們計劃中也從未考慮過搭電梯。他到達一、二樓之間的平台時才注意到兩件事：一，自己幾乎緊張到沒呼吸；二，柯柏也慢了下來，沒在他身邊。這計劃還真的可行嘛，這該死的、所謂的完美計劃！他邊爬上最後幾階樓梯邊想著，鑰匙已拿在手上。

鑰匙在鎖孔中轉動了一下，他再一推、門就開了幾吋。他可以看見安全鎖鍊條還扣在鎖孔上，室內並未傳出任何人的聲響，只有詭異而尖銳的電話鈴聲持續不斷。時間似乎停止了。他看到客廳地毯上的圖案，以及一條毛巾和一隻鞋子。

「讓開！」艾柏格沙啞地叫著，但他異常冷靜。

艾柏格隨後開槍射斷安全鎖，聲音大得像是整個世界已崩解成一堆碎片，而因為他還用力抵在門上，所以他是摔進去、而不是衝進臥室及客廳的。

臥室內的景象太不真實，那靜止的畫面足以比擬杜莎夫人的恐怖蠟像館。那就像是一張過度曝光、無法挽救的照片，沉浸在一片氾濫的白光當中，馬丁．貝克對每個細節都毛骨悚然地牢牢記著。

房裡的男人還穿著外套，他的棕色帽子扔在地板上，有一部分被已撕破的藍白色睡袍遮住。他就是殺死羅絲安娜．麥格羅的人。他左腳踏在地板上，彎身向前，右膝跨在床上，重重壓著床上女子的左大腿，就在她的膝蓋上方。他的一隻曬黑大手放在她的下巴和嘴上，兩根手指還壓住她的鼻子，這是他的左手；他的右手則停在較下方的某處，摸索著她的喉嚨，而且剛找到。

女人躺在床上，馬丁．貝克可以從這男人的指縫間看到她張大的雙眼和臉頰上一條細細的血跡。她的右腿抬起，腳底正好抵住他的胸部。她全身赤裸，身上每一條肌肉無不處在緊繃狀態，肌腱甚至暴突而出，猶如解剖用的模特兒。

這是在不到一秒間看到的景象，所有細節卻已經足以永遠烙印在馬丁・貝克心中。穿外套的男子很快地放開她，跳到地上、恢復平衡後立刻轉身，這一切都在電光火石之間完成。

馬丁・貝克第一次這樣看到那位他已追捕了六個月又十九天的殺人兇嫌。此時，他在耶誕節之前的那個下午，在柯柏的辦公室裡做過筆錄的佛基・班特森，和先前已判若兩人。

他的表情赤裸裸而呆滯，瞳孔收縮，眼睛來回游移著，好像一頭受困的猛獸。他弓著身體，兩膝微彎，身體有節奏地搖晃著。

但是再一次……大約不到十分之一秒，班特森發出一聲悶吼，隨即朝前衝去。馬丁・貝克立刻用右手背打中他的鎖骨，艾柏格則從後面撲向他，試圖抓住他的手。

艾柏格的配槍阻礙了他的行動，而馬丁・貝克則在毫無警覺下，受到更嚴厲的反擊。這可能是因為他只關心躺在床上那個動都沒動的女人，她四肢癱軟地躺在床上，嘴巴張開，兩眼半閉著。

班特森用頭猛撞馬丁・貝克的胸膈膜處，撞得他飛到牆上；他同時也擺脫了艾柏格的撲捉，仍舊蜷縮著身體，跨著大步，一如今晚每段荒誕的情境，以令人難以置信的速度衝向門口。

這整個過程中，電話鈴聲不斷響著。

馬丁・貝克在後緊追不捨，卻和他一直維持著五、六階樓梯的距離，而且距離還漸漸拉大。

馬丁・貝克聽得見逃跑的人就在他腳下不遠處，卻直到一樓時才看得到他。這時，他已經穿過靠近入口的玻璃門，眼看就快要跑到街上重獲自由了。

但是柯柏在那裡，他離牆壁兩步站著，穿著大衣的班特森對準他的臉，揮出重重一拳。

過了一秒，馬丁・貝克才發現這一切終於結束了。當柯柏擒住班特森的手臂，快速且毫不留情地向上扭到他背後時，那聲慘叫雖然短促，但馬丁・貝克聽得很清楚。兇嫌已無力地癱軟在大理石地板上。

馬丁・貝克靠牆站著，聽著似乎從四面八方同時傳來的警笛聲。一個臨時哨已經搭起來了，人行道上有幾個身著制服的警員，正努力擋開好奇的圍觀者。

馬丁・貝克看著佛基・班特森，他半躺在地上，臉被壓向牆壁，臉頰上有淚。

「救護車來了。」史丹斯壯說。

馬丁・貝克搭電梯上樓。她穿著燈芯絨睡褲和羊毛衫，坐在搖椅上。他抑鬱地看著她。

「救護車來了，他們很快就會上來。」

「我可以自己走。」她氣若游絲地說。

在電梯中，她說：「別一副可憐相，這不是你的錯，而且我也還好。」

他甚至不敢抬頭看著她的眼睛。

「如果他是想強暴我，我應該還能對付，可是事情不是這樣。我一直沒機會出手反擊，完全沒有。」

她搖頭。

「你們再晚個十到十五秒，那我就……或者他沒去注意樓下的電話聲的話——那至少令他混亂了一會兒，也稍微打斷這種與外界隔離的狀況。啊！老天，真可怕。」

他們走到救護車旁時，她說：「可憐的傢伙。」

「誰？」

「他。」

十五分鐘後，倫波葛街的公寓外面只剩柯柏和史丹斯壯留守。

「我及時趕到，從對街看到你怎麼修理他。你是打哪兒學來這招的？」

「我以前是傘兵。這招我不常用。」

「我沒看過比這更棒的。你用這招可以逮住任何人。」

八月時狐狼生出來，

九月時下了一堆雨，

現在這場洪水這麼可怕，

他卻說，我記不得了！

「你說什麼？」

「引用一個人的文章。」柯柏說，「他叫吉卜林。」

30.

馬丁・貝克看著這個一手綁著吊帶、無精打采坐在他面前的男子。他低著頭，看都不看馬丁・貝克一眼。

這一刻，他已經等了六個半月。他傾身向前，打開錄音機。

「你的名字是佛基・連納・班特森，一九二六年八月六日出生於古斯塔夫的伐沙教區，現居斯德哥爾摩的洛司坦街。以上是否正確？」

男子非常輕地點了點頭。

「你必須大聲回答。」馬丁・貝克說。

「對，」這個叫佛基・班特森的人說，「對，正確。」

「你是否承認，你在去年七月四日晚上，對美國公民羅絲安娜・麥格羅進行性侵犯之後加以謀殺？」

「我沒有殺人。」佛基・班特森說。

「大聲點。」

「不，我沒做。」

「你稍早時曾承認，你在去年七月四號在黛安娜號郵輪上遇見羅絲安娜・麥格羅，對不對？」

「我不知道，我不知道她的名字。」

「我們有證據，你在去年七月四日和她在一起。當天晚上，你在她的艙房裡行凶殺人，還將屍體丟出船外。」

「不，你胡說！」

「你殺死她的手法，和你企圖殺害倫波葛街那女子的手法是一樣的，是嗎？」

「我並不想殺她。」

「不想殺誰？」

「那個女孩。她找過我好幾次，她邀我到她的住處，卻只是說著玩。她不過是想羞辱我。」

「羅絲安娜也是想羞辱你嗎？所以，你才殺了她，是嗎？」

「我不知道。」

「你進過她的艙房嗎？」

「我不記得。可能有，我不知道。」

馬丁・貝克靜靜坐著，仔細看著這個人。最後他說：「你很累嗎？」

「還好。」

「手臂會痛嗎？」

「現在不痛了。他們在醫院裡給我打了一針。」

「你昨晚見到那女人時，是否聯想起去年夏天的那個女人？船上的那個女人？」

「她們不是女人。」

「什麼意思？她們當然是女人。」

「對，但……像禽獸。」

「我不懂你說什麼。」

「她們像禽獸，完全放縱在……」

「放縱在什麼？你，是嗎？」

「老天，別開我玩笑。她們是放縱於淫慾，放縱於無恥。」

三十秒的靜默。

「你真的這麼認為？」

「只要是人都會這麼想，除了那些最頹廢、最墮落的人以外。」

「你不喜歡這些女人嗎？羅絲安娜·麥格羅，還有倫波葛街那女孩，她好像叫做……」

「索妮雅·韓森。」

他輕蔑地吐出這個名字。

「對，沒錯。你不喜歡她嗎？」

「我恨她。我也恨另一個女人，只是我記不太清楚了。你沒看到她們的行為嗎？你不了解那對男人的意義嗎？」

他說得又快又急切。

「不了解。你是指什麼？」

「哼，她們真是噁心。這些人以自己的墮落為榮，趾高氣揚，自大，而且還咄咄逼人。」

「你找過妓女嗎？」

「她們可沒那麼噁心，也沒那麼無恥，而且她們靠這個賺錢，至少她們還有一點職業尊嚴和誠實態度。」

「你記得上次我問你同樣的問題時，你怎麼回答嗎？」

班特森顯得困惑而焦慮。

「不記得……」

「你記得我問過你是否找過妓女嗎。」

「不記得。你問過嗎？」

馬丁・貝克又靜靜地坐了一會兒。

「我在試著幫助你，」他終於說。

「用什麼幫？幫我？你怎麼幫我？在發生這些事之後？」

「我在幫你回想。」

「是。」

「但你也要幫助自己。」

「好。」

「試著回想看看，你從索德策平搭上黛安娜號之後，發生了什麼事。你帶著摩托車和釣魚用具，而船誤點了相當久。」

「對，這我記得，天氣很棒。」

「你上船之後做了什麼？」

「我記得吃了早餐，我上船前沒吃，因為打算在船上吃。」

「你有和同桌的其他人說話嗎？」

「沒有，我記得早餐時只有我一人，其他人已經吃過了。」

「然後？你吃過早餐之後呢？」

「我好像上甲板去了。對，我記得沒錯，當時天氣很好。」

「你有和任何人說話嗎？」

「沒有，我獨自站在船首。接著午餐時間又到了。」

「你又一個人吃嗎？」

「沒有，同桌還有別人，不過我沒和任何人說話。」

「羅絲安娜・麥格羅當時和你同桌嗎？」

「我不記得了，我不太注意誰坐在旁邊。」

「你記得怎麼遇到她的嗎？」

「不，真的不記得。」

「上次你說她問你一些事，然後你們開始聊起來。」

「對，就是這樣。現在我想起來了，她問我剛剛通過的地方叫什麼。」

「什麼地名？」

「我記得是諾松。」

「然後她就留在那兒和你聊天？」

「對，但我不太記得她說了些什麼。」

「你很快就覺得她是個壞女人嗎？」

「對。」

「那你為何跟她繼續聊？」

「她硬黏上我的。她就站在那兒，邊講邊笑。她和其他人一樣，下賤無恥。」

「之後你做什麼呢？」

「之後？」

「對，你們沒有一起上岸嗎？」

「我有上岸一會兒，她也跟著我去。」

「那時你們聊些什麼？」

「我不記得了，可說無所不談，但也沒聊什麼特別的。我只記得當時我只是想藉機練習英文。」

「你們回船上之後做了什麼？」

「我不知道，我真的不記得，大概有一起吃晚餐吧。」

「當晚你們有再見面嗎？」

「我記得天黑後我站在船頭，但當時我是獨自一人。」

「當晚你們沒有再見面嗎？試著回想看看。」

「大概有吧，我不太清楚。不過，我記得我們坐在船尾處的椅子上聊天。其實我真想一個人靜靜，但她卻一直黏著我。」

「她沒有邀你進她艙房？」

「沒有。」

「當晚稍後你殺了她，是不是這樣？」

「不，我沒做過這種事。」

「你真的不記得你殺了她？」

「你為什麼要這樣折磨我？別再重覆那些話了，我什麼也沒做。」

「我不是要折磨你。」

他說的可是事實？馬丁・貝克也不知道。總之，他覺得這個男子又開始設防了，內心又啟動了對抗外在世界的障礙，而且他越想摧毀這些障礙，就越難動它分毫。

「好吧，其實那也不重要。」

班特森眼中的銳利感又消失了，繼之而來的是恐懼和猶疑。

「你不了解我。」他重重地說。

「我正試著了解。我知道你不喜歡某些人，因為你認為他們令你噁心。」

「難道你看不出來？有些人實在令人作嘔。」

「我知道，你特別厭惡某種人，尤其是你說的那些無恥女人，對不對？」

他什麼也不說。

「你有信仰嗎？」

「沒有。」

「為什麼沒有？」

他只是困惑地聳聳肩。

「你會讀宗教書籍或雜誌嗎？」

「我讀過《聖經》。」

「你相信書中說的嗎？」

「不信，裡面有太多無法解釋的怪事，大可不讀。」

「比方什麼？」

「所有的骯髒事。」

「你認為像羅絲安娜・麥格羅或韓森小姐這種女人是骯髒的？」

「當然。你不同意嗎？看看我們周遭發生的這些噁心事情。我在年底時讀了好幾個禮拜的報紙，每天盡是一些骯髒事。你知道為什麼嗎？」

「所以你不想和這些骯髒的人有瓜葛？」

「是，我不想。」

「絕對不想。」他屏氣幾秒後，又這麼加了一句。

「好吧，你說你不喜歡她們。但是像羅絲安娜・麥格羅或索妮雅・韓森這樣的女人，對你不是有很大的吸引力嗎？難道你不想看著她們，撫摸她們，感覺她們身體的曲線？」

「你無權對我這麼說。」

「難道你不想看看她們的腿或臂膀？不想觸摸她們的肌膚？」

「你為什麼要說這些？」

「難道你不想撫摸她們？脫下她們的衣服？看看她們的裸體？」

「不，不，才不是這樣。」

「難道你不希望感受她們的手在你身上游移？不希望她們撫摸你？」

「閉嘴！」男子開始大叫，還準備離開座位；這突來的動作使得他大口喘氣，而且臉部扭曲，看似十分痛苦，可能是碰到了手臂上的傷口。

「噢，這也沒什麼，其實還相當正常。我看到某些女人時，也會有類似的想法。」

班特森瞪著他。

「你是在說我不正常嗎？」

馬丁・貝克沒說話。

「你是說，因為我對自己的身體有一點羞恥感，那我就是不正常嗎？」

沒有回答。

「我有權利選擇自己的生活。」

「是，但你沒有權利決定別人的。昨晚我親眼看見你幾乎殺死另一個人。」

「你沒看到。我什麼也沒做。」

「不確定的事我從不說出口。你想殺她，如果我們晚一步抵達，你的良知現在就會背負著一條人命，你就是一個殺人犯。」

奇怪的是，這番指控居然令他很激動。他嘴巴開開闔闔了好一會兒，最後以蚊子般細弱的聲音說：

「她活該，都是她的錯，不是我的錯。」

「對不起，我沒聽到。」

一陣靜默。

「你可以重覆剛剛說的話嗎？」

班特森只是悻悻然地望著地板。

馬丁・貝克忽然說：「你在對我說謊。」

班特森搖頭。

「你說你只買運動和釣魚類雜誌，但其實你也會買有裸女圖片的雜誌。」

「你胡說。」

「你忘了我這人從不說謊。」

一陣靜默。

「你的衣櫃後面堆了上百本這種雜誌。」

他的反應非常激烈。

「你怎麼知道？」

「我們派人到你的公寓搜查，發現了你衣櫃後面的雜誌。他們也發現很多其他的東西，比如說，有一副羅絲安娜．麥格羅的墨鏡。」

「你闖入我家，侵犯我的隱私。為什麼這麼做？」

幾秒鐘後，他又重覆最後一句話，還說：「我不想和你有任何瓜葛，你很可惡。」

「其實，看看照片並不犯法。」馬丁．貝克說，「一點也不。看照片沒什麼問題，因為雜誌中的女人看起來和其他女人都一樣，都差不多。但如果照片上是——只是假設而已——是羅絲安娜．麥格羅，或是索妮雅．韓森，或者西芙．林柏格……」

「閉嘴！」他狂叫。「你不可以這麼說，你沒有權利提到那個名字。」

「怎麼沒有？如果我告訴你，西芙．林柏格曾為雜誌拍過這種照片呢？」

「你這個說謊的魔鬼！」

「記住，我告訴過你我從不說謊。你會怎麼做？」

「我會懲罰……我也會殺了你，因為你竟然這麼說……」

「你殺不了我的。但是你會把那女人怎麼樣呢？噢，她叫什麼名字，對了，是西芙……」

「懲罰……我會……我會……」

「什麼？」

班特森一次次地把手打開又闔起來。

「對，我會那麼做，」他說。

「殺了她？」

「對。」

「為何？」

一陣沉默。

「你不該那麼說的。」班特森說，

一滴淚從他的左頰上落下。

「你破壞了很多張照片，」馬丁・貝克靜靜地說，「用刀子割得面目全非。為什麼這樣做？」

「在我家……你進去我家裡，到處亂搜、亂刺探……」

「你為何割那些照片？」馬丁・貝克很大聲地說。

「這不關你的事，」他歇斯底里地說，「你這魔鬼！你是隻墮落的豬！」

「到底為什麼？」

「為了懲罰。我也會懲罰你的。」

隨後是兩分鐘的靜默。接著，馬丁．貝克換上友善的腔調：「你殺了船上那個女人。你自己不記得了，但我會幫你回想起來。艙房又小又窄，燈光也很昏暗。當時船正通過一個湖，是不是這樣？」

「那是伯倫湖。」班特森說。

「而你在她房裡，脫了她的衣服。」

「不，是她自己脫的。她開始一件件地脫掉，她要我和她一樣骯髒，真的很噁心。」

「你是否處罰了她？」馬丁．貝克冷靜地說。

「對，我處罰了她。你看不出來嗎？她必須被處罰，她墮落又無恥！」

「你怎麼處罰她？你殺了她，是不是？」

「她死有餘辜！她想把我也變骯髒！她以自己的無恥為榮，你不了解嗎？」他大喊，「我得殺了她！我得除掉她那具骯髒的身體！」

「難道你不怕有人從送風口看見你嗎？」

「房間沒有送風口。我也不怕。我知道我做了正確的事，她有罪，她死了活該！」

「你殺了她之後呢？又做了什麼？」

班特森整個人陷進椅子裡，喃喃自語。

「不要再折磨我了……你為何要一直提這件事……我不記得了。」

「她死後你就離開艙房，是嗎？」

馬丁・貝克的聲音非常溫和、冷靜。

「沒有，噢，有，我不記得了。」

「她還是赤裸地躺在睡鋪上，是吧？是你殺了她。之後你還待在艙房內嗎？」

「不，我走出去。我不記得了。」

「她的艙房是在船上那個位置？」

「我不記得了。」

「在甲板下面很遠處嗎？」

「不遠，但在相當後頭……在最後面……在朝船尾的最後一間。」

「你在他死後對她做了什麼？」

「不要一直問我這些……」他哭得像個小孩地說著。「不是我的錯，是她的錯。」

「我知道你殺了她，而且你也承認了。之後你對她做了什麼？」馬丁・貝克用很友善的聲音問道。

「我把她丟進湖裡，看到她我會受不了！」班特森大聲尖叫著。

馬丁．貝克冷靜地看著他。

「在哪裡？」他問，「當時船在哪裡？」

「我不知道，就是丟進湖裡了。」

他徹底崩潰，倒在椅子裡開始大哭。

「我沒辦法看著她，我看到她會怕，會受不了！」他的聲音毫無起伏，臉頰上淚流成行。

馬丁．貝克關掉錄音機，拿起電話請一位警官過來。

殺害羅絲安娜．麥格羅的兇手被帶走後，馬丁．貝克點起一根菸。他動也不動地坐著，兩眼瞪著前方發呆。

眼前的景物扭曲，他用拇指和食指揉撫著雙眼。

他在書桌上的筆筒裡找到一枝鉛筆，寫道：

逮到他了，幾乎立及招認，立「即」……

他把筆放回去，將紙揉成一團，扔進字紙簍。他決定小睡片刻，休息夠了再打給卡夫卡。

馬丁．貝克戴上帽子，穿起外套，離開警局。這天，下午兩點就開始降雪，如今地上已經積了好幾吋厚的雪氈。大片的雪花濕潤而飽滿，成串迴旋飄舞，密密實實地，掩抑了所有聲音，周圍的一切變得遙遠而不真實。寒冬是真的來了。

羅絲安娜・麥格羅來過歐洲，在一處名為諾松的地方遇見一個男人，他正要到波哈斯釣魚。如果船引擎沒有故障，或是侍者沒有安排她與別人併桌晚餐，她就不會遇見這個人。之後，他就碰巧那麼樣地殺了她。其實她也可能在國王街上被汽車輾過，或是在旅館樓梯上摔倒，跌斷脖子。而另一位女子，索妮雅・韓森，經過這次事件後，可能永遠無法恢復以往的平靜，無法再像過去，一如兒時，將雙手夾在膝間，無夢安穩地入眠。即使如此，她和這起案件實際上也「毫無關聯」。他們這些在斯德哥爾摩、莫塔拉或內布拉斯加州林肯市的警探，用了見不得人的方法破解這起凶殘的謀殺案。他們會永遠記得這件事，這件不光榮的事。

馬丁・貝克輕鬆地吹著口哨，穿過陣陣白霧走進地鐵站。看著他的人如果知道他在想什麼，一定會大感驚訝。

馬丁・貝克回來了。大雪落在他的帽子上，他邊走邊唱著歌，邊走邊搖擺。「哈囉，我的兄弟朋友，鞋下的雪吱吱喳喳，好一個冬夜；哈囉，大家好，只要給我個電話，我們就一起搭地鐵回家，回到我南斯德哥爾摩的家。」

他終於要回家了。

馬丁・貝克 刑事檔案 01

羅絲安娜

Roseanna

作者	麥伊・荷瓦兒 Maj Sjöwall 及 培爾・法勒 Per Wahlöö
譯者	廖曉泰
社長	陳蕙慧
副總編輯	林家任
行銷	傅士玲、尹子麟、洪啟軒、姚立儷
封面設計	井十二設計研究室
地圖繪製	Emily Chan
排版	宸遠彩藝
印刷	通南彩色印刷股份有限公司
讀書共和國出版集團社長	郭重興
發行人兼出版總監	曾大福
出版	木馬文化事業股份有限公司
發行	遠足文化事業股份有限公司
地址	231 新北市新店區民權路 108-2 號 9 樓
電話	(02)2218-1417
傳真	(02)2218-0727
客服專線	0800-221-029
Email	service@bookrep.com.tw
法律顧問	華洋國際專利商標事務所　蘇文生律師
出版日期	2020 年 1 月　初版一刷
定價	360 元

國家圖書館出版品預行編目

羅絲安娜 / 麥伊 . 荷瓦兒 (Maj Sjöwall), 培爾 . 法勒 (Per Wahlöö) 合著 ; 廖曉泰譯 . -- 初版 . -- 新北市 : 木馬文化出版 : 遠足文化發行 , 2020.01

376 面 ; 14.8 X 21 公分 . -- (馬丁 . 貝克刑事檔案 ; 1)

譯自 : Roseanna

ISBN 978-986-359-743-8(平裝)

881.357　　108018251